秘剣つり狐

あっぱれ毬谷慎十郎㊄

坂岡 真

時代小説文庫

角川春樹事務所

目次

主な登場人物紹介

❖ **毬谷慎十郎** まりや・しんじゅうろう
父に勘当され、播州龍野藩を飛び出し
江戸へ出てきて道場破りを繰り返す。
若さ溢れながらも剛毅で飾り気がなく、
虎のような猛々しさを持つ男。

❖ **咲** さき
双親を幼い頃に亡くし、祖父に育てられた。
負けん気が強く、剣に長けている。
神道無念流の館長・斎藤弥九郎に頼まれ
出稽古に出るほどの腕前を持つ。

❖ **丹波一徹** たんば・いってつ
丹波道場の主。かつて御三家の剣術指南役を
務めたほどの剣客で、孫娘の咲に剣を教えた。
今は隠居生活を送っている。

❖ **脇坂中務大輔安董** わきさか・なかつかさたいふ・やすただ
幕政を与る江戸城本丸老中。播州龍野藩の藩主であり、
世情の不安を取りのぞくべく陰で動いている。

❖ **赤松豪右衛門** あかまつ・ごうえもん
龍野藩江戸家老。藩主安董の命を受け、
慎十郎を陰の刺客として働かせようとしている。

❖ **石動友之進** いするぎ・とものしん
横目付。足軽の家に生まれながらも剣の技倆を認められ、
江戸家老直属の用人に抜擢された。慎十郎とは、
幼い頃より毬谷道場でしのぎを削った仲である。

秘剣つり狐

あっぱれ毬谷慎十郎〈五〉

取立て指南

一

天保《てんぽう》十年（一八三九）如月《きさらぎ》、下谷《したや》同朋町《どうぼうちょう》。

広小路を吹きぬける寒風が、池之端《いけのはた》に咲いた梅の香りをはこんでくる。

白い息とともに吐きだされた香具師《やし》たちの口上は、中御徒町《なかおかちまち》に接する露地裏の片隅にも響いてきた。

高利貸しを営む弁天屋《べんてんや》のおときは、女楠木《おんなくすのき》と異名をとるほどの知恵者だ。気《き》っ風《ぷ》がよく、啖呵《たんか》の切れも鮮やかで、三十路《みそじ》年増《としま》の色気も兼ねそなえている。

おもしろいのは商売繁盛の願掛けと称し、丸い顎《あご》の下に一本だけ毛を生やしていることだ。伸ばせば一寸ほどにはなるだろう。くるんと縮まったその毛を抜かず、ぷるぷる震わせながら啖呵を切る。その仕種《しぐさ》がどうにも可笑《おか》しくて、土間に佇《たたず》む毬谷慎十《まりやしんじゅう》郎《ろう》は目のやり場に困った。

「恋だって。おまえ、まだそんなもんにしがみついてんのかい」

おときは呆《あき》れ顔《がお》で言いすて、帳場へ座るついでに若い衆《し》の頭をぱしっと平手で叩《たた》く。

慎十郎は少し驚いたものの、ほかの連中は気にも掛けていない様子なので平静を装った。

おときは鰹縞《かつおじま》の褞袍《どてら》を羽織り、潰《つぶ》し島田の黒髪に横櫛《よこぐし》をぐさりと挿《さ》している。長《なが》煙管《きせる》の雁首《がんくび》で煙草盆《たばこぼん》を引きよせ、すぱっとひと吸いするや、細長い鼻孔《びこう》から長々と紫《し》煙《えん》を吐きだした。

「雇ってほしいってのは、あんたかい。ふうん、大きいねえ。六尺は優にありそうだ。でも、図体の大きさと胆の太さは別だからね」

そんなふうに釘《くぎ》を刺し、おときは膝《ひざ》に置いた籐籠《とうかご》から白蛇を取りだす。

「ひゃっ」

慎十郎は叫んで飛《と》び退《の》いた。

「おや、逃げた。うふふ、胆のほうは存外、小さそうだね」

「……へ、蛇を飼っておるのか」

「そうだよ、蛇は弁天さまの使わしめだからね、金運をもたらすのさ」

「すまぬが、仕舞ってくれぬか。高いところと長いものは苦手でな」

「くふっ、妙な若侍だよ。ほかに苦手なものは」

「そうさな、恋というやつも苦手かもしれぬ」

「垢抜《あかぬ》けないおひとだねえ。お里は何処《どこ》だい」

「播州龍野《ばんしゅうたつの》だ」

「ふうん、どうりで醤油臭《しょうゆくさ》いとおもった」

おときは煙草盆の縁《ふち》に雁首を叩きつけた。

白蛇を仕舞おうともしない。

「それで、高利貸しの敷居をまたいだ理由は」

「食い扶《ぶ》持くらいは自分で稼げと叱《しか》られてな」

「誰に叱られたんだい」

「丹波一徹《たんばいってつ》先生だ」

「誰だい、それは」

「無縁坂《むえんざか》下の丹波道場は知っておろう」

「たしか、白髪の爺《じい》さまと勝ち気な孫娘がいたね。十七か八の孫娘は、名のある町道場へ出向いては稽古《けいこ》をつけるほどの女剣士だって聞いたけど」

「それは咲《さき》どのだ」

今からちょうど一年前、慎十郎は日の本一の剣士になるという大志を抱き、剣豪たちが綺羅《きら》星のごとく集う江戸へやってきた。名だたる道場を荒らしまわり、巷間《こうかん》に向かうところ敵無しとの評判が立ったやさき、神道無念流《しんとうむねん》を標榜《ひょうぼう》する練兵館《れんぺいかん》において、出稽古《でげいこ》に訪れていた咲に手も無く敗れた。弟子にしてほしいと懇願したものの、一徹にも咲にも聞きいれてもらえず、丹波道場へ日参したあげく、ようやく居候《いそうろう》になることだけは許されたのだ。

「門弟がひとりもいない町道場だって聞いたけど」

「それゆえ、食い扶持《ぶち》は自分で稼がねばならぬ。一徹先生はこうも仰《おつしや》った。取立て稼業は人の業がよくみえる。それゆえ、世情に疎《うと》いおぬしにはぴったりだと」

「あんた、世間知らずの食いつめ者なんだね」

おときが態度を硬化させるのに合わせ、白蛇も鎌首《かまくび》をもたげる。

赤い舌をちろちろさせる様子に虫唾《むしず》が走った。

「ところで、剣術のほうはできんのかい」

「できる」

唯一の特技と言ってよい。

「なら、腕前を披露《ひろう》してもらおうかね。旦那《だんな》、茄子島《なすじま》の旦那」

呼ばれて奥からのっそり出てきたのは、四十前後の髭面《ひげづら》浪人だった。

「おとき姐《ねえ》さん、わしは安島《やすじま》だ。茄子島ではないぞ」

「あら、そうでしたっけ。あたしにゃ、茄子にしかみえないんだけど。お顔ですよ、ほら、その長いお顔。うふふ、口惜《くちお》しかったら、一度くらいは刀を抜いてみせてくださいな」

「安易に抜かぬのが、わしの流儀でな」

「ごたいそうな言いっぷりだこと。ひょっとしたら、抜けない理由でもおありなんですか。刀が錆《さ》びついた赤鰯《あかいわし》だとか」

「無礼なことを抜かすな」

「抜かせたいから抜かすんですよ。どうしても抜かないってなら、金輪際《こんりんざい》、呑《の》み代は払いませんからね。ほら、そこで木偶《でく》の坊《ぼう》みたいに突っ立っている若いのと、どちらがお強いか勝負してみてくださいな」

「そやつと立ちあえと申すのか」

及び腰になる安島某《なにがし》は、練兵館で神道無念流の免状を得たという。

慎十郎は眉《まゆ》に唾《つば》を付けつつ、流派の理合《りあい》を口走った。

「それ剣は突撃のほかなし」

「ん、何じゃそれは」

「知らぬのか、斎藤弥九郎《さいとうやくろう》館長の口癖ではないか」

「おう、そうであったな。おぬしも練兵館の門弟なのか」

「いいや、ちがう」

「ならば、修めた流派は」

「父より円明流《えんめい》を学んだ」

龍野城下に剣名を轟《とどろ》かせるほどまで熟達したにもかかわらず、家を飛びだして武者修行に明け暮れ、あらゆる流派の返し技のみで成りたつ雖井蛙《せいあ》流を修めた。それが父の勘気を買い、破門を申しわたされた。その時はまだ龍野藩に籍を置いていた都合上、みつけ次第成敗してほしいと、父は江戸藩邸のしかるべき筋へ書面にて依頼したとも聞いている。

そうした内容をかいつまんで説くと、安島は大口を開けて嗤《わら》った。

「なはは、おもしろい親子だな。おぬしの父は名の知られた剣客なのか」

龍野藩には敬楽館《けいごうかん》という文武稽古所があり、父の毬谷慎兵衛《しんべえ》は敬楽館の剣術指南役を仰《おお》せつかっていた。藩主の脇坂中務大輔安董《わきさかなかつかさたいふやすただ》に命じられて江戸城へおもむき、今は大御所となった徳川家斉公《とくがわいえなり》の御前で申しあいをしたこともある。

「父は御前試合にのぞみ、柳生新陰流《やぎゅうしんかげ》や小野派《おのは》一刀流《いっとう》の猛者《もさ》どもを寄せつけなかった。これが証拠だ」

慎十郎は胸を張り、腰の刀を撫《な》でてみせる。

「家斉公御下賜《ごかし》の藤四郎吉光《とうしろうよしみつ》よ」

「何故、おぬしが持っておる」

「ちょいと拝借してきた」

「盗んだのか。それで、勘気を蒙《こうむ》ったのだな」

「まあ、そういうことだ」

けれんみの無い堂々たる物腰に、安島はすっかり呑みこまれている。

「ふふ、抜いてやろうか」

慎十郎がぐっと身を寄せるや、上がり端《はな》のところで腰を抜かしかけた。

「勝負あった」

おときが叫ぶ。

「赤鰯と御下賜の宝刀じゃ勝負にならないよ。茄子島の旦那、おまえさんはお払い箱、お帰りはあちら、はいさようなら」

安島はがっくりうなだれ、煙管の雁首で差された敷居のほうへ向かう。

「待ってくれ」

慎十郎はおときに声を掛けた。

「わしのせいで、茄子島どのは食い扶持を失うのか。それは気まずい。ふたりとも面倒をみてくれ」

「甘いこと抜かしてんじゃないよ。えっ、この唐変木《とうへんぼく》。こちとら、野良犬二匹食わせる余分な銭は持ちあわせちゃいねえんだ。嫌なら出ておいき。ああ、ふたりとも出ってもらおうか。あんたらの代わりなんぞ、いくらでもいるんだからね」

鮮やかすぎる啖呵にも怯《ひる》まず、慎十郎は粘った。

「待ってくれ。手当はいらぬ。それなら、よいか」

「手当なしって、あんた莫迦《ばか》なのかい」

「ああ、莫迦かもしれぬ」

おときは、ほっと溜息《ためいき》を吐《つ》いた。

「そこまで言うんなら、雇ってあげるよ。茄子島の旦那も首が繋《つな》がったってはなしだ。三次《さんじ》、三次はいるかい」

呼ばれて飛びだしてきたのは、切れ長の目を持つ若い衆だ。

「姐さん、何かご用ですか」

「新入りの用心棒を連れて、今から八丁堀《はっちょうぼり》へ行ってきな。行き先は例のところだ、わかってんだろう」

「へい、合点で」

三次は草履《ぞうり》を突っかけ、肩で風を切りながら外へ出ていった。

一方、安島は舌打ちをし、草履を脱ぐと奥へ引っこんでしまう。

慎十郎はわけもわからぬまま、三次の背中を急いで追いかけた。

二

海賊橋《かいぞく》を渡って八丁堀に着いたときには、日も暮れかかっていた。

「逢魔刻《おうまがとき》」

三次は口角を吊《つ》って笑い、薬師《やくし》堂の裏手へ進む。

「このあたりはご存じかい」

「ふむ」

一徹が眼病を患《わずら》っているので、咲といっしょに何度か御札《おふだ》を求めにきた。

だが、ここからさき、町奉行所の役人たちが住む露地の奥深くへ踏みこんだことはない。

「薬師堂のまわりにゃ、偉いほうの与力《よりき》たちが住んでいる。年番方とか吟味方《ぎんみかた》とかそういった連中だ。ほんでもって、そこの提灯掛《ちようちんが》け横丁から向こうは、同心長屋がしばらくつづく」

みればすぐにわかった。与力の屋敷は冠木門《かぶきもん》だが、同心のほうは細い柱を二本立てただけの木戸門だ。

「儒者医者犬の糞《ふん》と言ってな、儒者や医者どもに間借りさせていやがる。厄介なのは医者どもだ。与力のほうはまだましだが、同心屋敷に間借りしている連中は藪《やぶ》医者ばかりさ。罹《かか》ったら最後、毒を呑まされておだぶつになる」

与力の役料は二百俵、同心は三十俵二人扶持しか貰えない。それゆえ、貧乏小路とも称する露地裏を、三次はぺらぺら喋《しやべ》りながら通りすぎていく。

「ほら、堀川にちんけな橋が架かってんだろう。あれは極楽《ごくらく》橋と言ってな、八丁堀の七不思議のひとつさ。地獄の獄卒《ごくそつ》どもの屋敷が軒《のき》を並べるまんなかに極楽橋ってな、どう考えても似つかわしくねえだろう。ほら、着いた」

橋を渡ったさきには、与力の屋敷がつづいている。

右手に聳《そび》える海鼠塀《なまこべい》は、松平越中守《まつだいらえっちゅうのかみ》の上屋敷であろう。

「このあたりにゃ、与力のなかでも肩身の狭い連中が集まっている。定橋掛かり、本所見廻《ほんじょみまわ》り、牢屋《ろうや》見廻り、人足寄場《にんそくよせば》掛かりといった外れ籤《くじ》を引いた与力どもでな、今から向かうのは町会所掛かりのところさ」

名は「大西内蔵助《おおにしくらのすけ》」と聞いて、慎十郎は三次の顔をみた。

「冗談なんかじゃねえぜ。ごたいそうな名のせいで、損をしてきた口だろうな。その内蔵助が弁天屋に借金をこしらえたってはなしだ」

「金を返してもらいにきたのか」

「返《け》えしてもらうのは利息だよ。うちは日一文や烏金《からすがね》みてえな、ちんけな銭貸しはやらねえ。五両一分の三月《みつき》縛りってのが役人貸しの条件でな、大西のやつにゃ二十両貸したから、月の利息は一両だ」

「それじゃ、一両を貰《もら》いにいくのか」

「いいや、縛りの三月は昨日で過ぎた。そうなると、踊りを掛けなくちゃならねえ」

「踊り、何だそれは」

「利息の二重取りさ。座頭の金貸しがよく使う手でな、高利貸しの手管《てくだ》だよ」

ほかにも「天引き三分」と称して利子を先に抜いておくものや、廓《くるわ》遊びに興じた商家の若旦那などに貸す「利息時価の大尽銀《だいじんがね》」なる恐ろしいものまであるという。

銭勘定の不得手な慎十郎にはよくわからぬ内容であったが、高利貸しから金を借りるほど莫迦げたことはない。ともあれ、与力の大西は二十両も借りて期限までに一銭も返さず、泰然自若《たいぜんじじゃく》と構えていた。本来ならば、元本と利息合わせて二十四両は返してもらわねばならぬところだが、元本は据え置きにしておくつもりらしい。

「そいつがミソだ。町奉行所の与力に貸しをつくっておけば、まんがいちのときに何かと便宜《べんぎ》をはかってもらえる。な、利口だろう。十手持ちに金を貸す高利貸しなんざ、何処にもいねえぜ。おとき姐さんはほかの連中とちがって、目のつけどころがちがうのさ」

「そうは言ってもなあ」

相手は痩《や》せても枯れても町奉行所の与力だ。下手に逆らえば、どんなしっぺ返しを食うともかぎらない。悪党の部類にはいる高利貸しなんぞ、門前払いにされるか、さもなければ縄を打たれるのではないかと案じていると、三次はこちらの不安を見透《みす》かしたように、くすっと笑う。

「気の弱え与力なのさ。しかも、莫迦がつくほど真面目《まじめ》な野郎でな」

「莫迦真面目な与力が高利貸しから金を借りるのか」

慎十郎は首をかしげつつも、三次にしたがって物陰に身を隠した。

するとそこへ、黒羽織を纏《まと》った与力が寒そうな恰好《かっこう》で帰ってくる。

「ほら、来た」

三次は物陰から飛びだすや、気軽な調子で声を掛けた。

「大西の旦那、お役目ご苦労さんで」

「おぬしは誰だ」

突《つ》っ慳貪《けんどん》な態度だが、大西は真面目なだけに、きちんと向きあおうとする。

十手持ちにしてはめずらしく好感の持てる相手だなと、慎十郎はおもった。

三次は揉《も》み手《で》で近づく。

「へへ、弁天屋の者でござんすよ」

「おお、そうであったか。すると、後ろにしたがえておるのは、強面《こわもて》の用心棒という
わけだな」

「強面でもござんせんけど、剣術の腕前だけは折紙付きでやんすよ」

「脅しか。いい度胸だな。されど、無い袖《そで》は振れぬ。ほれ」

大西は奴凧《やっこだこ》のように袖を持ちあげ、ゆらゆら振ってみせる。

「弱ったな。大西内蔵助は借りた金を鐚《びた》一文も返えさねえと、ご近所じゅうに触れて

まわりやしょうかね」

「それは困る。ま、立ち話も何だから、なかへはいれ」

「よろしいので」

「いいさ。どうせ、誰もおらぬ」

三次は不審げに口を尖《とが》らせた。

「奥様とご世嗣《せいし》は」

「愛想《あいそ》を尽かして実家へ帰った。といっても、遠くではない」

実家は、楓川《もみじ》を渡ったさきの檜物町《ひものちょう》にあるという。

「女房どのは曲げわっぱをつくる檜物屋の一人娘でな、与力株が欲しい父親から因果をふくめられ、嫌々ながら嫁いできたのさ」

「なるほど、与力株は売れば一千両の値がつくとも言われておりやすからね」

三次のことばに、慎十郎は驚かされた。

大西は気にも掛けず、他人事《ひとごと》のようにつづける。

「何かと便宜をはかってもらえるものと、義父は期待しておったのだろう。されど、おもったほどの見返りはなかった。わしは口利きというものが大の苦手でな、たとえば、運上金を安くするように掛けあってほしいと頼まれても、首を縦に振るわけにはまいらぬ。だったら、何をしてくれるのかと詰められたところで、何もしてやれぬ。挙げ句の果てには、嫁いだ娘に持たせた持参金をそっくりそのまま返せと、侍顔負けの迫力で凄《すご》まれる始末さ」

愚痴《ぐち》を聞いている気分だ。

三次はとみれば、忍耐強く聞き役に徹《てっ》している。

「もっとも、二年前に息子が生まれてからは、女房どのも丸くなった。武家の女としての嗜《たしな》みをおぼえ、堂々とした奥方ぶりを披露してくれてな。やれやれとおもっていたやさき、ちょいと足を延ばした品川《しながわ》宿の安旅籠《やすはたご》で厄介なおなごに引っかかった」

三月前のはなしだという。

「厄介なおなごでやすか」

「美人局《つつもたせ》だ。神仏に誓って、やましいことはしておらぬがな」

旅籠の主人に町入用《まちにゅうよう》の件で面倒事を頼まれ、足労したついでの出来事だった。ひとりで泊まっていた事情《わけ》あり風の若い女から身の上話を聞いてほしいと泣きの涙で頼まれ、あれよという間に蒲団《ふとん》部屋へ誘いこまれた。

「部屋に足を踏みいれるや、おなごはみずから着物を脱いで金切声《かなきりごえ》をあげおった。狂言さ。わしを与力と知ったうえで強請《ゆす》ろうとした。あとでわかったことだが、女を背後で操《あやつ》っていたのは、したたかな連中でな」

ともあれ、奉公人や客がわんさか集まってきた。主人に呼ばれて登場した捕り方に向かって、これこれしかじかと無実を主張することはできた。しかし、それをやったら、女は罰せられる。哀れにおもった大西は適当に言いつくろって捕り方を帰し、女には路銀《ろぎん》の足しにと金まで与えた。

「女はえらく感謝して消えたが、翌日、人相の悪い連中がやってきた。役人のくせに、美人局の女を見逃した。それを町奉行所に訴えれば、与力の立場は危うくなるだろうと言いがかりをつけられた」

「そんなむちゃくちゃな」

「さよう、むちゃくちゃな連中でな。されど、巧みなところを突かれた。罪を見逃した与力がいると公言されれば、町奉行所は面目を失う。それゆえ、連中を黙らせるべく金で済ませることにした。おぬしのところから借りた金は、じつを申せばそれに使ったのだ」

「何とまあ、さようでござんしたか」

「わしはその顚末《てんまつ》を、女房どのに伝えた。包み隠さず伝えたところ、女房どのは黙々と荷物をまとめ、家から出ていきおった。無論、わしがすべて悪い」

情けなさすぎて、同情すら湧《わ》いてこない。

慎十郎は、淡々と喋りつづける与力の顔を穴があくほどみつめた。

三次は溜息を吐き、ころりと態度を変える。

「こいつはどうにも分が悪い。旦那、事情はわかりやした。こちとら閻魔《えんま》の使いじゃねえ。待ちやしょう。まとまった金子ができるまで」

「まことか。そいつはありがたい」

「お宅にあがって一杯つきあいてえところだが、そこまで親しくなるわけにもいきやせん。何せ、高利貸しにしてみりゃ、町奉行所の与力は目の敵《かたき》でござんすからね」

「おぬしの言うとおりだ。詮方《せんかた》あるまい。今宵《こよい》も淋《さび》しく独り酒でもかっ喰《くら》って寝るとしよう」

大西はそう言い、童子のごとくにっこり笑ってみせた。

颯爽《さっそう》と踵《きびす》を返した後ろ姿が、何やら格好良くさえ映る。

慎十郎は三次に促され、暗く沈んだ冠木門から離れた。

黙って歩きはじめたところへ、人影がふたつ近づいてくる。

「やべえ」

つぶやいた三次が、慎十郎の後ろに隠れようとした。

足早に間合いを詰めてきたのは、相撲取《すもうと》りのような破落戸《ごろつき》と顔色の悪い痩《や》せ浪人だ。

「ほう、そこに隠れてんのは、女高利貸しの手下だな」

破落戸が声を掛けてくる。

「町会所掛かりの与力が中御徒町の高利貸しから金を借りてるって噂《うわさ》は、どうやらほんとうだったらしい。へへ、あんがとよ、おかげさんで脅しのネタがひとつ増えたぜ。ほら、隠れてねえで顔を出せっつうの」

臭い息を吐きかけられたので、慎十郎は破落戸の太い腕を握って捻《ひね》りあげた。

「痛っ、何しゃがる」

腕を放してやると、破落戸は痛くもないのに痛そうに腕をさする。

「てめえ、おれが誰だか知ってんのか」

「いいや、知らぬ。知りたくもない」

「おいおい、困ったな。この権六《ごんろく》さまを虚仮《こけ》にするとは上等だぜ。先生、ちょいとお願いしますよ」

頼まれて押しだされた「先生」は、全身に殺気を帯びていた。

構えに隙《すき》が無い。死に神がこの世にいるとすれば、おそらく、こうした男のことをいうのだろう。

慎十郎も腰を落として身構えた。

三次と権六は、さっと離れていく。

薄闇《うすやみ》に包まれた狭い露地で、ふたつの人影が向きあった。

「おぬし、できるな」

死に神が問うてくる。

「修めた流派は」

「まずは、そっちからだ」

「天真正伝香取神道流《てんしんしょうでんかとりしんとうりゅう》」

言うが早いか、痩せ浪人は身を沈め、飛蝗《ばった》のように跳躍する。

「ふりゃ……っ」

中空で白刃を抜き、百会《ひゃくえ》と呼ぶ頭頂を狙《ねら》ってきた。

居合の秘技、抜きつけの剣だ。

慎十郎は避《よ》けもせず、抜き際の一刀を薙《な》ぎあげる。

――きゅいん。

刃音とともに、火花が散った。

浪人は地に落ちて転がり、すかさず起きあがる。

口端を歪めて笑い、素早く刀を納めた。

「ふふ、わしの頭殺《ずそ》ぎを阻むとはな。名を聞いておこう」

「そっちから名乗れ」

「鮫洲《さめず》九郎兵衛《くろべえ》」

「毬谷慎十郎」

名乗りあって離れると、鮫洲は来た道を戻りだす。

「おっと、そりゃねえぜ」

権六も仕方なく、痩せ浪人の背にしたがった。

「やべえやつらだ」

と、三次がふたたび囁《ささや》きかけてくる。

「闇樽《やみだる》っていう空株の仲介屋どもさ」

「闇樽」

「元締めは奈落《ならく》の陣五郎《じんごろう》って悪党だが、さっきのふたりは陣五郎に飼われた人殺しなんだぜ」

「人殺しがどうして、与力のところへやってきたんだ」

「ひょっとしたら、美人局を仕掛けた連中かもしれねえ。連中にとっては、与力でも鴨《かも》になる。大西内蔵助が隠居すれば、与力株は空株になるかんな。そいつを安く買いたたいて、手に入れようって算段よ」

関《かか》わりたくもないはなしだが、放《ほう》っておけない気もする。

大西内蔵助の憎めない笑顔が頭から離れないせいなのか。

そもそも、大西に罪はない。人の好《よ》さが仇《あだ》となり、まんまと騙《だま》されてしまったのだ。

善人を騙す悪党を放っておくわけにはいかぬ。みずからの信条に照らしても許すわけにはいかぬ。と、そうやって考えれば考えるほど、耐えがたい怒りに衝《つ》きうごかされる。

「はりゃ……っ」

慎十郎は三次が腰を抜かすほどの奇声を発するや、藤四郎吉光を抜きはなった。

三

翌朝、丹波道場は緊迫した空気に包まれた。

「いざ、一手指南、願いたてまつる」

凛然《りんぜん》と発してみせる若侍は見栄《みば》えもよく、三尺八寸の竹刀を青眼《せいがん》に構えた立ち姿はじつに美しい。

対する咲も負けてはおらず、相青眼に構えて気攻めに攻める姿勢をみせている。

道場の正面には行司役よろしく、ふたりの人物が並んで座っていた。

真っ白な蓬髪《ほうはつ》を肩まで垂らしたほうは、道場主の一徹にほかならない。

もうひとり、肩幅の広い四十代なかばの人物は、当代随一の剣豪とも評される千葉《ちば》周作《しゅうさく》であった。

慎十郎は蜆《しじみ》売りの売り声につられて、小半刻《こはんとき》ばかり外へ買物に出ていた。

朝餉《あさげ》の支度をしに戻ったところで、息詰まるような申しあいの光景が目に飛びこんできたのだ。

月代《さかやき》を青々と剃《そ》った若侍は、竹刀の先端を鶺鴒《せきれい》の尾のように揺らしはじめる。

北辰一刀流《ほくしんいっとう》を修めた千葉の門弟であることはあきらかだ。

「ふん」

短い気合いを発し、小手打ちから中段突きに転じる。

これを咲は難なく払いのけ、返しの一撃を脇胴《わきどう》に見舞った。

――ばしっ。

小気味よい音が響く。

「浅い」

と発したのは、一徹のほうだ。

竹刀の一撃は肋骨《ろっこつ》に響いたはずだが、素面素小手《すめんすごて》の若侍は平然としている。

「とあっ」

今度は咲が仕掛けた。

後ろで束ねた黒髪を逆立て、肘《ひじ》を伸ばして刀と一体になりながら突きこむ。

相手の喉元《のどもと》を狙った利生《りしょう》突き、咲の得意とする技だ。

慎十郎はおもわず、身を乗りだした。

力量の劣《おと》る者ならば、確実に喉を突かれている。

咲は怪我《けが》を避け、いつもならば寸止めの一撃に留《と》めておくはずだった。

ところが、若侍は海老《えび》反《ぞ》りになって突きを躱《かわ》し、上体を右にかたむけて潜《もぐ》りこむや、反撃に転じた。

「いやっ」

気合いもろとも、左片手突きで咲の喉を狙ったのだ。

たまらず咲は横転し、床に片膝を突いた。

そこへ、連続の上段打ちがくる。

——ばしっ、ばしっ。

咲は両腕を伸ばし、十字に受けた。

竹刀同士が激突し、ささくれが飛びちる。

ふたりの汗も飛びちった。

もはや、互角の勝負と言わざるを得ない。

咲に負けを喫《きっ》した慎十郎としては気が気ではなかった。

——わたしより弱い相手に嫁ぐ気はない。

何度も聞かされた台詞《せりふ》が耳に甦《よみがえ》ってくる。

裏を返せば、自分より強い相手ならば伴侶《はんりょ》になってもよいということだ。

気づいてみれば、双方はふたたび相青眼で対峙《たいじ》していた。

慎十郎は何故《なぜ》か、無性に腹が立ってくる。

あそこに立っているのは、本来ならば自分でなければならぬ。

咲と正面切って向かいあう特別の座を、何処の馬の骨とも知れぬ者に奪われたような気分にさせられたのだ。

勝手にからだが動いた。

「待て、申しあいはそこまでだ」

蜆の袋を提げたまま、大足で床を踏みつけ、両者のあいだに割ってはいる。

「何をしておる、莫迦者」

一徹が叫んだ。

と同時に、咲が般若《はんにゃ》の形相で迫ってきた。

「退《ど》けい」

発しつつ、上段から竹刀を振りおろす。

――ばしっ。

決まった。

脳天を打たれ、慎十郎はひっくり返る。

目に星が飛び、頭は真っ白になっていた。

大の字に寝たまま目を覚ますと、四人が上から覗《のぞ》きこんでいる。

「あいかわらず、隙だらけだのう」

最初に口を開いたのは千葉だった。

慈愛の籠《こ》もった笑みを浮かべたが、それは何百という門弟たちが魅入られる表情でもある。

千葉は一徹が松戸《まつど》の浅利《あさり》道場で修行を積んでいたころの弟弟子で、二十五年ものつきあいになると聞いた。千葉は咲の親代わりのようなものでもあり、時折、こうしてひょっこり訪れる。

もちろん、慎十郎にとってはどうしても勝ちたい相手であったが、いまだに竹刀を持って対峙することさえ許してもらえなかった。

「いつまで寝ておる。起きて味噌《みそ》汁《しる》でも作らぬか」

一徹に叱責《しっせき》され、慎十郎は身を起こした。

頭がくらくらしたものの、咲に恨みはない。

恨みの籠もった眸子《まなこ》は、若侍に向けられた。

「おう、そうだ。おぬしにも紹介しておこう。こちらは左合《さごう》一馬《かずま》どのじゃ」

千葉に紹介され、左合という若侍はぺこりと頭を垂れる。

近くでみると、いっそう凛々《りり》しさが際立った。

両頬《りょうほほ》を淡い紅色に染めた咲の様子も気になる。

「左合どのは水戸《みと》藩でも一、二を争う力量でな、このほど斉昭《なりあき》公の馬廻り役に任じられることと相成った。剣の師のわしとしても鼻が高い」

「何故、道場へお連れしたのでござりましょう」

「それか」

返答に詰まった千葉の脇から、左合が顔を差しだした。

「それがしがお願いいたしました。是非とも、丹石《たんせき》流の花散らしをご指南願いたく、先生に我《わ》が儘《まま》を聞いていただいたのでござります」

奥義《おうぎ》の「花散らし」は、北辰一刀流の奥義である「七曜剣《しちようけん》」の返し技と目されている。千葉でさえも負かされた秘技との評判が立って以来、噂を耳にした連中が競うように道場の門を敲《たた》いた。じつは、そのなかに素行の芳しくない千葉の門弟がひとりおり、一徹に拒まれて腹を立てたあげく、真剣を抜いて背中に斬《き》りつけた。不意打ちを食った一徹は背中に後ろ傷を負い、これを武門の恥として、その日以来、弟子を取らぬ方針を貫くことにきめたのだ。

したがって、道場の費用《ついえ》はすべて、咲が出稽古で得る報酬だけで賄《まかな》われていた。弟子の不徳が招いた凶事への負い目もあり、千葉は折をみては丹波道場へやってくるのである。もちろん、今をときめく剣豪の来訪は道場にとっても誉れであり、一徹も咲も千葉との歓談を楽しみにしていた。

だが、門外不出の「花散らし」に関しては別のはなしだ。

一子相伝と告げられながらも、咲でさえもその技を伝授されていない。

たとい千葉の紹介といえども、一度手合わせしただけの相手に指南できるわけがなかった。

「容易《たやす》くお願いできぬことゆえ、それなりの覚悟はいたしております」

と、左合は爽《さわ》やかに言いきる。

「水戸藩の藩籍を捨てろと仰るのならば、喜んでそういたしましょう。花散らしには、それだけの価値がござる。丹波道場へ骨を埋《うず》める覚悟で、本日はまかりこした次第にございます」

ごくっと、慎十郎は生唾を呑んだ。

骨を埋めるとはいったい、どういうことだ。

咲はとみれば、桜の花が咲いたような顔になっている。

「まあまあ、そう急がずともよかろう」

千葉が意味深長な台詞を吐いた。

急がずに何を成就させるつもりなのか。

疑心暗鬼《ぎしんあんき》になって一徹をみやれば、勝ち誇ったように笑みを浮かべている。

慎十郎は憤然と立ちあがった。

四人を睨《ね》めまわし、ひとこと「蜆の味噌汁を作ります」とだけ吐きすてる。

千葉が一歩身を寄せ、真顔で睨《にら》みつけてきた。

「おぬしは何をしておる」

「えっ」

「牙《きば》を抜かれた虎《とら》は何と申す。猫だ。おぬしは猫になりおったのか」

かつては瓦版《かわらばん》などでも「希代《きたい》の道場荒らし」ともてはやされた。だが、江戸は広い。一度は売れた名でも、三日も経《た》てば人々からは忘れさられてしまう。

——日の本一の剣士になる。

一年前の慎十郎は単純明快な目途《もくと》を掲《かか》げ、脇目も振らずに走りつづけていた。男谷《おだに》道場の男谷精一郎《せいいちろう》、練兵館の斎藤弥九郎、そして玄武館《げんぶかん》の千葉周作、万人が認める三剣士を倒し、故郷の龍野に錦《にしき》を飾ると豪語していたのだ。

あのころの目の輝きはいったい、何処へ行ってしまったのか。

世間の荒波とやらに揉まれ、角の取れたつまらぬ者になってしまったのか。

山出し者の荒々しさは何処へ消えた。傍若無人《ぼうじゃくぶじん》な猛々《たけだけ》しさは何処へやったと、千葉の目は訴えている。

「物足りぬ。よいか、おのれの本分を忘れるな。人生は短い。寄り道している暇はないのだぞ」

うなだれる慎十郎を残し、千葉と左合は丹波道場をあとにした。

「味噌汁はまだか」

一徹が惚《とぼ》けた声を掛けてくる。

「くそっ」

千葉のことばなど、何の慰《なぐさ》めにもならぬ。

名状しがたい怒りが、腹の底から迫《せ》りあがってきた。

「ここを出よう」

居心地のよいところから脱けださぬかぎり、みずからの道を拓《ひら》くことはできぬ。

慎十郎は買いもとめた蜆を床にぶちまけるや、後ろもみずに道場から飛びだしていった。

四

丹波道場を出ると、きっぱり決断できたわけではない。

爽やかすぎる左合一馬への嫉妬《しっと》や、咲への届きそうにない恋慕《れんぼ》や、千葉に鋭く指摘されて気づいた焦りや、みなから小莫迦にされたことへの怒りや、さまざまな感情が綯《な》いまぜになって、居たたまれない気持ちにさせられた。

「わしはいったい、何をしておるのだ」

慎十郎は当《あ》て所《ど》も無く町中を彷徨《ほうこう》し、気づいてみれば八丁堀の堀川に架かる極楽橋を渡っていた。

たどってきた池之端や神田《かんだ》や日本橋《にほんばし》は、何処も彼処《かしこ》も忙しそうに行き交う人々で溢《あふ》れていたが、八丁堀の界隈《かいわい》は閑散としている。欠伸《あくび》をしている儒者か藪医者を見掛けるのがせいぜいのところで、町奉行所の役人たちはみな出払っている様子だった。

大西内蔵助を訪ねようとしたわけでもないので、慎十郎は踵を返した。

すると、極楽橋の向こうから、手拭《てぬぐ》いを首に巻いた黒羽織の人物が寒そうにやってくる。

「あっ」

同時に、声をあげた。

大西内蔵助なのだ。

どちらともなく近づき、橋のまんなかで立ちどまる。

「じつはな、おぬしのことを考えていた」

大西のほうから、嬉しそうに喋りだす。

「何処かでみたことがあったにもかかわらず、あのときはおもいだせなんだ。つい今し方、ふと、おもいだしてな。虎に似たり。ふふ、瓦版の文言さ。おぬし、道場荒らしの虎であろう」

「毬谷慎十郎と申す」

「さよう、その名だ。毬谷慎十郎はたしか、龍野の出であったな」

「よくご存じで」

「おもしろいやつだとおもうたのさ。どうだ、一献《いっこん》かたむけぬか」

「喜んで」

「されば、ちと待っておれ。家に忘れ物をしてな、それを取りに戻ったのだ」

大西が忘れ物を取りにいったあいだ、慎十郎は欄干《らんかん》から身を乗りだし、川面《かわも》をみつめていた。

鮒《ふな》が泳いでいる。

産卵のために浮かんできた雌《めす》鮒であろうか。

「おぬし、そこで何をしておる」

掠《かす》れた声に振りかえると、狐《きつね》顔の同心が十手を片手に身構えていた。

「怪しいやつだな。ひょっとして無宿か。それなら、人足寄場へ送らねばならぬぞ」

「うるさい。木《こ》っ端《ぱ》役人が黙っておれ」

虫の居所が悪いせいか、暴言を吐いてしまう。

同心は眸子を吊りあげ、黄八丈の裾《すそ》を捲《まく》ってみせた。

「でかぶつめ、定町廻《じょうまちまわ》りを舐《な》めるんじゃねえぞ」

小銀杏髷《こいちょうまげ》の同心は吼《ほ》え、十手を高々と振りあげる。

そのとき、橋向こうから怒声が発せられた。

「おい、止《や》めんか」

大西だ。

小脇に曲げわっぱを抱えている。

定町廻りは鉾《ほこ》を納めた。

相手は与力だけに、逆らうわけにいかない。

「これは大西さま、こちらの御仁はお知りあいで」

「ああ、そうだ。何かあったのか」

「いいえ、何も」

「さようか。ま、これでも食え」

大股《おおまた》で近づき、定町廻りに曲げわっぱを渡そうとする。

「それは何でござりましょうか」

「結びが三つはいっておる。よければ昼餉《ひるげ》にしてくれ」

「お気持ちだけ頂戴《ちょうだい》いたします。では、拙者《せっしゃ》はこれにて」

そそくさと離れていく定町廻りの背中を、大西は細めた目で見送った。

「あやつ、小泊平内《こどまりへいない》というてな、素行が芳しくないうえに蛇のような執拗《しつよう》さを備えておる。同僚から『山狗《やまいぬ》』なんぞと呼ばれておるようでな。ま、淋しい男さ。結びくらい、素直に貰っておけばよいのに。わしの握ったおかかの結びは、絶品と評判なのだぞ」

「お忘れ物は、結びにござりましたか」

慎十郎に問われ、大西は恥ずかしそうにうなずく。

「うっかりしておった。せっかく握った結びゆえ、食べてやらねば罰が当たる。それゆえ、戻ってまいったら、おぬしに出会《でくわ》したというわけだ。因縁かもしれぬ。結びが結んだ縁というわけさ、なはは、駄洒落《だじゃれ》は嫌いか」

「……い、いいえ」

慎十郎は戸惑いつつも、手渡された結びを頬張った。

「美味《うま》い」

「そうであろう。おうめも、結びだけは褒めてくれてな」

「ご妻女のことでござろうか」

「ふむ。商家の娘ゆえ、垢抜けておった。無骨《ぶこつ》で垢抜けぬわしのことは、好いておらなんだのかもしれぬ。されど、結びだけは好いておった。ことに、おかかはな。莫迦にしたものではないぞ。握り加減やおかかの配分が難しいのだ」

楽しげに語りながら、大西は亀島《かめじま》川に沿って南東へ進み、京橋《きょうばし》川に架かる稲荷《いなり》橋を渡った。

「今日は初午《はつうま》ゆえ、鉄炮洲《てっぽうず》稲荷へ詣《まい》っていこう」

「はあ」

そういえば、町のいたるところで初午を祝う太鼓の音が響いていた。

「詣ったことはあるか」

「ござります」

「境内の富士塚に登ったことは」

「一度だけ。浅間《せんげん》神社の祠《ほこら》にお詣りを」

「ふむ、それでよい。わしは何度も登り、浅間神社へ詣った。日本橋から眺める富士《ふじ》山《さん》が好きでな、いつかは本物に登りたいとおもうておる。されど、叶《かな》うまい。おぬし、わしが死んだら、鉄炮洲の浅間神社に供物でも捧げてくれぬか」

「縁起でもないことを」

「ふふ、戯《ざ》れてみたのさ。わしは狐が好きでな、狐以外に信頼できる者はおらぬ」

ふたりは肩を並べて拝殿に詣り、富士塚には登らずに踵を返した。

ふたたび稲荷橋を戻り、今度は亀島川に架かる高橋《たかばし》を渡って霊岸島《れいがんじま》へ向かう。

新川《しんかわ》沿いには酒問屋の蔵がずらりと並び、散策すると酒の匂《にお》いも漂ってきた。

「灘《なだ》に伊丹《いたみ》に満願寺《まんがんじ》、ここに来れば下り酒も呑み放題よ」

行きつけの居酒屋へ踏みこむと、禿《は》げた親爺《おやじ》に奥へ案内された。

さすがに十手持ちは敬遠されるので、衝立《ついたて》の陰で呑むしかない。

それでも、大西は楽しげだ。

「誰かと膝つきあわせて呑むのは久方ぶりでな。ふふ、おぬしなら、愚痴につきあってくれるとおもうておった」

「役人の愚痴なんぞ、聞きたくもない」

「まあ、そう申すな。ほら、酒が来たぞ。ここの煮染《にし》めは、たいそう美味《うも》うてな。ことに、ちぎり蒟蒻《こんにやく》は美味《うま》い」

大西は煮染めの平皿を薦め、ふたつのぐい呑みに熱燗《あつかん》を注《つ》ぐ。

「さあ、呑もう」

ふたりはぐい呑みを持ちあげ、慎十郎は一気に酒を呷《あお》った。

「見事な呑みっぷりだ。おぬし、おもったとおりの男だな。ことに、目がいい。濁《にご》っておらぬ。物事をまっすぐに捉《とら》える強い目だ」

何やら、こそばゆい。

炙《あぶ》った烏賊《いか》やら鰯《いわし》やらが運ばれてくる。

慎十郎は料理を頬張《ほおば》り、酒で流しこんだ。

大西は酔いがまわったのか、赤ら顔でべそを掻《か》きはじめる。

「わしは情けない男だ。侍の誇りを捨てた生ける屍《しかばね》なのさ」

「弱ったな」

赤ん坊でも大人でも、泣くやつは苦手だ。

「安心しろ、泣いてはおらぬ。わしがここに足繁《あししげ》く通う理由を教えてやろうか。それはな、自分より身分の低い連中を目にするためだ。人間、下をみるようになったら終わりよ。でもな、下の下をみなけりゃ生きられないときもある。上からは見放され、同僚や下の連中からは莫迦にされてまいった。わしはな、淋しゅうて仕方なかった。それゆえ、美人局と知りながら、見知らぬおなごの甘言に乗った。あれでよかったと、今でもおもうておる。誰かに恩を売ることで、少しは気も晴れるからな」

「あんたは、まちがっている」

慎十郎は拳《こぶし》を固め、どんと卓上を叩いた。

「罪を犯した者は罰せられねばならぬ。罰することで救われるのだ。あんたがやったことは、何の意味もない。おなごを救ったことにはならぬぞ」

「わかっているさ。でもな、あのおなごは手慣れておった。捕まれば、軽い罪では済まされぬ。それにな、裸をみた刹那《せつな》に気づいたのだ。齢《よわい》のわりに乳房が垂れていることにな。どういうことか、わかるか」

「いいや」

「乳飲み子がいるということさ。おなごが捕まれば、飢《う》えて凍《こご》え死ぬ乳飲み子がひとり増えるだけのはなしだ」

慎十郎は黙りこみ、大西の顔をじっとみつめた。

濁った眸子の奥に、底知れぬ優しさと哀しみを感じとったのだ。

それは、乳飲み子を抱えた母親に抱いた情けかもしれず、家を出ていった妻子への恋慕かもしれず、後ろ向きの感情を酒で紛らわすことしかできない自分への憤りや、愚痴を聞いてくれる友すらいないことへの虚しさかもしれず、いずれにしろ、眼差《まなざ》しの奥に潜《ひそ》むものの正体はわからない。おそらく、それらすべての混ざりあった感情なのであろう。

「もしや、何か隠してはおられぬか」

慎十郎の指摘に、大西は片眉をぴくりと吊りあげた。

「どうして、そんなふうにおもう」

「やはり、わからぬからだ。あんたが美人局のおなごを助けた理由がな。しかも、与力のくせに易々《やすやす》と悪党どもに強請《ゆす》られ、高利貸しから借りてまで金を払った。どう考えても妙だ。何か、別の意図でもあるのではないか」

「ほほう、おぬし、存外に鋭いな」

「やっぱり、そうなのか」

「さあな。おぬしに教えたところで詮無《せんな》いはなしよ。そんなことより、おぬしの取り柄は何だ。教えてくれ」

巧みにはなしを逸《そ》らされた気もしたが、慎十郎は問いにこたえようと必死に考えた。

「取り柄かどうかはわからぬが、糸の切れた凧《たこ》のようなやつだと、誰からも言われる」

「何者にも縛られぬということだな。それは羨《うらや》ましい」

慎十郎は向きなおる。

「あんたの取り柄は」

「そうさな、誰に何を言われようとも、どんな悪評を立てられようとも、いっこうにわしは気にならぬ。打たれ強いのが唯一の取り柄かもしれぬな。ふふ、さあ、どんどん呑んでくれ」

なみなみ注がれた酒を、慎十郎は一気に喉へ流しこむ。

大西内蔵助とつきあいたくなったのは、自分に欠けている資質を見出《みいだ》したからかもしれない。

詰まるところそれは、どんな逆境にもめげぬ強さやしたたかさなのであろう。

大西は紬《つむぎ》の袖口に手を突っこみ、小判を四枚取りだした。

「忘れぬうちに渡しておく」

「えっ、何のことだ」

「女房どのが実家から仕送りしてくれた。武家の女とちがって、さすが商人の娘は情け深いものよ。気にせんでいい。利息の足しにでもしてくれ。おぬしもそれが目途で、わざわざ足労したのであろう」

「ちがう。金なんぞいらぬ」

「受けとらぬのか」

「ならば、八丁堀くんだりまで何しにきた」

「ああ、いらぬ」

「わからぬ。気づいてみたら、足が向いておったのさ」

「妙なやつだな。人とは、じつにおもしろい生き物だ。おぬしもわしも、生きていればこれから、よいことがあるかもしれぬぞ。現にこうして、おぬしと損得抜きで吞んでおるのだからな」

大西は大真面目な口調で言い、人誑《ひとたら》しの小道具でもある笑顔をかたむけてきた。

五

酔えずに大西と別れ、丹波道場へは戻らずに下谷同朋町の弁天屋へ立ちよった。

帳場に座ったおときは「待っていたよ」と漏らし、白蛇を撫でながら顎をしゃくってみせる。

土間の片隅をみやれば、奉公人風のしょぼくれた男が立っていた。

「そちらは卯之吉《うのきち》どん、日本橋通油町《とおりあぶらちょう》に店を構えた板元の手代でね。事情ありで十両借りたいそうなんだけど、十両ってのは大金だ。何せ、盗めば首が飛ぶ。請人《うけにん》がいないことには貸せないって申しあげたら、浮世絵師のおとっつぁんと常磐津《ときわず》のお師匠をしている妹がいると仰る。おとっつぁんは腕のいい絵師だけど、呑んだくれの甲斐《かい》性無《しょうな》しだってから、請人になれんのは妹しかいない。齢は二十二だけど、色白の縹緻《きりよう》良《よ》しだそうだから、それがほんとうかどうか、あんたの目で確かめてきてほしいのさ」

「わしがか」

「ああ、そうさ。取立ての初仕事だよ。嫌なら、茄子島の旦那にまわすけど」

「詮方あるまい。まいろう」

「何だい、その偉そうな態度は」

おときは眉をしかめ、白蛇をけしかけようとする。

「口の利き方に気をつけなよ。あんた、雇われの身なんだからね」

「手間賃は貰えるのか」

「おっと、そうきましたか。めでたくはなしがまとまったら、考えとくよ。さあ、お行き。でかいのと油を売っている暇はないんだ。そうだ、お待ち」

おときは手招きし、慎十郎に小判を十枚寄こす。

「妹が縹緻良しなら、このお金を卯之吉さんにお渡しするんだよ。ただし、証文《あかしぶみ》を忘れちゃいけない。ほら、これが証文だ」

手渡された奉書紙《ほうしよがみ》に、さっと目を通す。

「返済が滞《とどこお》ったときは、請人に払わせるのか」

「あたりまえだろう。金がないなら、からだで払ってもらうっきゃない。だから、その目で妹の縹緻を見定めてきてほしいのさ。ほら、卯之吉って名がそこに書いてあるだろう。お金を渡すのと引換に、名の脇へ血判《けつぱん》を捺《お》してもらうんだよ」

気のすすまぬ役目だが、取立てとはそういうものだ。

証文と十両を懐中に仕舞《しま》い、慎十郎は店をあとにした。

卯之吉に従《つ》いて神田川を渡り、東海道を南へ進む。

聞けば、妹の住まいは檜物町にあるという。

大西内蔵助に愛想を尽かした女房の実家がある町だ。

日本橋を渡ってしばらく進むと、檜物町の入り口へ着いた。

「妹の住む長屋は、ここを右に曲がったさきです。すみませんが、ここで少しお待ちいただけませんか」

卯之吉が消えたので、仕方なく沿道の店を素見《ひやか》しながら歩く。

偶然に手に取ったのは、檜《ひのき》の薄板でつくった曲げわっぱだった。

「ん、これは」

大西が携えていたものと似ている。

屋根看板を見上げると『木曾屋《きそや》』とあった。

敷居の向こうには職人が座り、薄板を熱湯に浸《つ》けて曲げている。

曲師《まげし》と呼ぶ職人であろう。

ほかにも曲師は何人かおり、柾目《まさめ》に剝《は》いだ檜や杉を薄く削ったり、板の合わせ目を桜の皮で縫いとめたり、工程ごとに分かれて各々の仕事に熱中していた。できあがった品もさまざまで、盆に炭櫃《すみびつ》、蒸籠《せいろう》に三方、篩《ふるい》に柄杓《ひしやく》と、お勝手などで見掛けるものなら何でもある。

「あの、何かご用でしょうか」

上がり端のほうから、二十四、五の女に声を掛けられた。

慎十郎は、ぱっと顔を明るくさせる。

「もしや、おうめどのか。大西内蔵助どののご妻女でござろう」

おもわず、不躾《ぶしつけ》な問いを投げつけてしまった。

女は顔色を変え、こちらを睨みつけてくる。

慎十郎は慌てて、言いつくろった。

「怪しい者ではない。大西どのから事情を聞いてな」

おうめらしき女は、裾をたたんで正座した。

「失礼ながら、大西とはどういう」

「知りあいとは言えぬ。無論、友でもない。どちらかと言えば、赤の他人に近い」

「お知りあいでもないお方が、いったい何のご用です」

冷たい態度に戸惑いつつも、慎十郎は必死におもいを告げようとした。

「ひとりで難儀をされているご様子ゆえ、ちと可哀相《かわいそう》になってな」

「家に戻ってほしいと、言伝《ことづて》でも頼まれたのですか」

「いや、そういうわけではない」

「女々しゅうございます。他人《ひと》様に憐《あわ》れみを請《こ》うようになったら、人間、もうお仕舞いです」

「人間が仕舞いなどと言うものではない。それでは生きておる価値がないようではないか」

「そう申しておるのです」

喋った途端《とたん》に墓穴を掘る。いつものことだ。

もはや、笑ってごまかすしかない。

「まあ、そう尖《とが》るな。大西どのに、おかかの結びを貰って食べた。あの味は格別でござった」

「それがどうしたのですか。結びのはなしをしにいらしたのなら、間に合っておりますよ」

奥のほうから、幼子の手を引いた老爺《ろうや》があらわれた。

「おうめ、何を揉めておる。そちらのお武家は知りあいか」

「いいえ」

「それなら、わしがはなしをつけよう。こうみえても、五人の曲師を束ねる親方だからな」

鋭い目つきの老爺はおうめの父親で、手を引かれてきた芥子頭《けしあたま》の洟垂《はなた》れは大西の息子なのだろう。

「それにはおよばぬ」

慎十郎は背を向け、そそくさと敷居の外へ逃れた。

ちょうどそこへ、卯之吉が戻ってくる。

「お待たせして申し訳ありません。妹はただ今、ご近所の旦那衆相手に三味線《しゃみせん》の指南をしているところで、終わるまで小半刻ほど掛かるそうにございます。よろしければ、そのあいだ、手前のはなしを聞いていただけませぬか」

「はなしたいと申すなら、かまわぬがな」

「されば」

袖を引かれ、街道を斜めに横切った。

右手の式部小路《しきぶこうじ》へ向かう曲がり端に、白木綿に墨で「大福餅」と書かれた幟《のぼり》が揺れている。

ふたりは甘味に誘われ、緋毛氈《ひもうせん》の敷かれた床几《しょうぎ》に腰を降ろした。

盆を胸に抱えた給仕の娘に大福と煎茶《せんちゃ》を注文し、往来を行き交う人や大八車をみるともなしにみる。

運ばれてきた茶をずるっと啜《すす》り、卯之吉はおもむろに喋りだした。

「じつを申せば、品川宿の安旅籠で美人局に引っかかりましてね。騙された手前が莫迦だったのでござります」

何処かで聞いたことのあるはなしだ。

「気づいたときは後の祭り、三日以内に十両工面できなければ、あることないこと奉公先にぶちまけてやると脅されました。世間体もござります。美人局に引っかかったことがばれたら、店を辞めねばなりませぬ」

困りはてたあげく、弁天屋の敷居をまたいだという。

「弁天屋さんはまとまったお金をその場で都合してくれると、風の便りで聞いたものですから」

「美人局を仕掛けた女の名は」

関わりたくもないのに、慎十郎はうっかり問うてしまう。

「おつう」

卯之吉は女の名を口走り、遠い目をしてみせた。

「色気のあるおなごでした。真っ白な肌はきめ細かく、撫でるとすべすべで」

「そんなはなしはどうでもよい」

「はあ」

「後ろ盾はおったのか」

「おりました。臼《うす》の権六という相撲取り並みに図体の大きい男です。そいつに襟首《えりくび》を摑まれ、殺されかけました」

慎十郎は溜息を吐いた。

まちがいあるまい。大西内蔵助に美人局を仕掛けたのと同じ連中であろう。

「どうかなされましたか」

卯之吉は大福を食いながら、暢気《のんき》に聞いてくる。

慎十郎も大福を頰張り、冷めかけた茶で流しこんだ。

「十両を手にしたら、そいつらに何時《いつ》何処で渡す段取りになっておる」

「頂戴したら、すぐにでも品川宿へまいります」

「わしも同道しよう」

「困ります。ひとりで来いと言われておりますので」

「みつからぬようにすればよい」

「まずは、お金を貸していただかぬと」

「ふむ、そうであったな」

腰を持ちあげると、待ったを掛けられた。

「されば、今一度みてまいります。もうしばらくお待ちを」

浮いた腰を、すとんと緋毛氈に降ろす。

慎十郎は残りの大福を頰張りつつ、卯之吉の背中を見送った。

六

ちょうど同じころ、咲は京橋から日本橋に向かってのんびり歩いていた。木挽町《こびきちょう》の河原崎座《かわらざきざ》で『曽根崎心中《そねざきしんじゅう》』を観《み》てきたのだ。

廓の遊女と醤油問屋の手代、相惚《あいぼ》れ同士のお初《はつ》と徳兵衛《とくべえ》が命懸けで恋を全《まっと》うしようとする道行き。誰もが知る近松門左衛門《ちかまつもんざえもん》の世話物ではあったが、江戸の芝居小屋で掛かることは滅多にない。配役も申し分なく、どうしても観ておきたい演目だった。

もちろん、一徹には告げていない。

芝居好きだと知られたくなかった。

心を動かされて女々しく泣いているすがたなど、ぜったいにみられるわけにはいかない。

「それにしても、おもった以上によかった。この世のなごり、夜もなごり、死にに行く身をたとふれば、あだしが原の道の霜、一足づつに消えてゆく、夢の夢こそあはれなれ……」

道行きの最後に語られる台詞を、咲は諳《そら》んじることができる。

「……あれ数ふれば暁《あかつき》の、七つの時が六つ鳴りて、残るひとつが今生《こんじょう》の鐘のひびきの聞きおさめ、寂滅為楽《じゃくめついらく》とひびくなり……」

芝居小屋を出てからも、袖で涙を拭きながら歩きつづけた。

「……寂滅為楽とひびくなり」

島田髷《しまだまげ》に花色模様の小袖《こそで》といった娘の恰好《かっこう》ではない。

髪は若衆髷に結い、身には男物の羽織を纏っている。

しかも、腰には無骨な拵《こしら》えの大小を差していた。

一見すれば、小柄な侍にしかみえない。

侍とは面倒臭い生き物だと、咲はつくづくおもう。

誰かを好きになっても、おもいのたけを伝えることさえかなわぬ。

ましてや、生涯の伴侶として添い遂げることなど夢のまた夢なのだ。

好いた者同士であっても、親や親戚《しんせき》に反対されたらあきらめるしかない。

そもそも、惚《ほ》れた腫《は》れたのはなしをすれば、武門の風上にも置けぬと莫迦にされる。

いよいよ進退きわまっても、手に手を取って易々と心中もできない。

「侍とはそういうものだ」

損をしていると感じながらも、怠惰なおのれを戒めたくなる。

「いかぬ。こんなことでは」

芝居など観ているときではない。

厳しい修行をかさね、ひとかどの剣士にならねばならぬ。

それこそが、おのれで決めた丹波咲の生きる道ではないのか。

双親を幼いころに亡くしていた。兄弟姉妹もおらず、祖父の一徹に育てられた。

一徹はそのむかし、御三家の剣術指南役をつとめるほどの剣客で、咲に剣を教えたのも一徹だった。

七つのとき、帯解《おびとき》の祝いで紅《あか》い着物を羽織《はお》らせてもらい、親子三人で湯島天神《ゆしまてんじん》へ詣でたのを、今でもはっきりとおぼえている。あのころは剣術は遊びのようなもので、母からは娘としての嗜みを教わっていた。ところが、不幸は唐突《とうとつ》にやってきた。

その年の冬、祖父のあとを継いで道場を営んでいた父が斬殺《ざんさつ》されたのだ。母は父の死を嘆き、食事もろくにのどを通らずに衰弱《すいじゃく》しきったところで、流行病《はやりやまい》に罹って呆気《あっけ》なく逝った。

祖父一徹のもと、死んだ気になって剣術修行に明けくれたのは、両親の死の悲しみから逃れたいためだった。やがて、同年配の子どもたちからは恐れられ、気づいてみれば、友といえる者はひとりもいなくなった。が、悲しいとはおもわなかった。男勝りと揶揄《やゆ》され、忌避《きひ》されても、いっこうにかまわなかった。

気丈さを保つことで、どうにか生きていけると、本能でわかっていたからだ。

折に触れて、深い悲しみに襲われても、無心になって木刀を振ることで忘れようとした。雪の降り積む極寒のなかでも、茹《う》だるような酷暑のなかでも、六尺の重い木刀を振りこんだ。何百回、何千回と、疲れきって気を失うまで、木刀を振りつづけてきた。

柄《つか》に血の染みこんだ木刀は、道場の片隅に仕舞ってある。血の付いた六尺の木刀こそが、咲の強靭《きょうじん》さを象徴するものかもしれない。

――ひとかどの剣士になる。

いつのころからか、それが生きる指標となった。

だが、どうにも覚悟が定まらない。

左合一馬と立ちあって以来、心が大きく揺れているのだ。

――丹波道場へ骨を埋める覚悟で、本日はまかりこした次第にござります。

と、左合は言った。

そのことばにどんな気持ちが込められているのか、頭のなかで何度も繰りかえし考えてみた。

一徹が言うには、千葉周作の深い意図があってのことだという。

「おぬしの将来を案じてくれたのじゃ」

と告げられ、咲は首をかしげた。

「それは、どういうことでござりますか」

「わからぬのか、縁談じゃ」

一徹は平然と言ってのけた。

千葉はいずれ、左合との縁談を持ちかけてこようと、一徹は先読みしている。

——縁談。

期待しないと言えば嘘《うそ》になる。

相手は水戸藩の藩士で、しかも、殿さまの馬廻り役になるほどの人物だ。

「申し分はあるまい」

一徹の言うとおり、悩む必要などないようなはなしだが、縁談を持ちこまれたら即座に断るつもりでいた。

理由を問われたら、修行中の身ゆえと応じるしかあるまい。

だが、まことの理由は別にある。

それが何なのか、咲にもよくわからない。

ただ、さきほどから同じ顔が浮かんでいた。

無骨で荒削りで垢抜けない、慎十郎の顔である。

「あんなやつ」

どうとでもなるがよいと、常日頃からおもっていた。

最初は鬱陶《うっとう》しくて我慢できず、一刻も早く道場から出ていってほしかった。

実際、何度か出ていったものの、居なくなると何故か淋しくなり、戻ってくると安心するようになった。

「ふん、妙なやつ」

力任せに木刀を振れば肩を外し、大口を開けて嗤えば顎を外す。

簡単に言えば型破りで豪放磊落《ごうほうらいらく》、無《む》頓着《とんちゃく》さと繊細さとが同居しており、こうとおもえば猪《いのしし》のように脇目も振らず、まっすぐに向かっていく。

そんな慎十郎を、一徹も気に入っていた。

純粋ゆえに闘う者の本能を隠さず、いつもぎらぎらしており、関わった者すべてを魅了する。

底知れぬ大きさを感じさせる慎十郎は、じつに一徹好みの男であった。

「いや、待て」

それは買いかぶりすぎだ。

慎十郎には、女々しいところもある。うじうじ悩んでばかりいて、焦《じ》れったくなることも近頃は多い。そのせいで放っておけなくもなるのだが、けっして恋情を抱いているわけではないと、咲は自分に言い聞かせていた。

それでも、どうしようもなく淋しいときなどに、いつもあの屈託《くったく》の無い笑顔が浮かんでくる。

「いかぬ、いかぬ」

咲は首を横に振った。

いつのまにか、箔屋町《はくやちょう》のさきまで来ている。

沿道の一角に「大福餅」と書かれた幟がはためいていた。

ふと、緋毛氈の敷かれた床几に目をやる。

「あっ」

咲は驚いて足を止めた。

慎十郎が床几に座り、大福餅を頰張っているではないか。

そこへもうひとり、町人風の見知らぬ男があらわれた。

慎十郎は男に誘われ、やおら腰を持ちあげる。

ふたりは連れだって、大路を横切っていった。

咲の足も、自然とそちらへ向かう。

急ぎ足で追っていくと、三味線の音色が聞こえてきた。

足を踏みこんださきは、檜物町の露地裏だ。

棟割《むねわり》長屋のほうから、艶《つや》めいた常磐津が聞こえてくる。

慎十郎と町人は木戸門を潜《くぐ》り、唄声《うたごえ》のするほうへ向かった。

咲は気づかれぬように追いかけ、木戸門の端から覗いてみる。

常磐津の唄がふっと消え、部屋から師匠らしき女が出てきた。

ごくっと、息を呑む。

肌の白い美しい女だ。

齢は二十と少しだろう。

慎十郎はとみれば、咲と同じように息を呑んでいる。

木偶の坊のように佇んでいるすがたをみれば、女の容姿に魅入られているのはすぐにわかった。

しかも、町人に急《せ》かされ、山吹《やまぶき》色の小判を手渡している。

「一枚、二枚……」

遠目だが、いっしょに数えてみると、小判は十枚もあった。

いったい、何をしているのだ。

「たわけめ」

咲は吐きすて、くるっと踵を返した。

怒りのやり場に困り、道に転がる空樽を蹴《け》りつける。

「うわっ、痛っ」

足の親指に激痛が走った。

「ひゃはは」

長屋の洟垂れどもが笑っている。

口惜しさに耐えかね、怒声を張りあげた。

「あっちに行け」

洟垂れどもは、蜘蛛《くも》の子を散らすようにいなくなる。

慎十郎とは二度と口をきかないと決め、咲は痛む足を引きずった。

七

卯之吉の妹は、みわという名だった。
可憐《かれん》な容姿に衝撃を受け、茫然自失《ぼうぜんじしつ》の体《てい》で固まった。
だが、それは慎十郎にしてみれば特別のことではない。
妙齢《みょうれい》の相手と面と向かえば、たいていは石仏になってしまう。
夢見心地のまま、二里（約八キロメートル）余りはある道程を品川宿まで歩いてきた。
西の空は夕焼けに染まり、次第に往来は薄い闇に包まれていく。
品川南本宿、大黒屋《だいこくや》。
指定された安旅籠は、目黒《めぐろ》川を渡ったさきの宿場外れにあった。
川を挟んだ北と南では、ずいぶんと賑やかさがちがってみえる。
卯之吉は十両貰って安堵したのか、弾んだ声で喋りかけてきた。
「棒鼻《ぼうばな》の近くは、何処の宿場もこんなものでしょう。宿代を節約したい連中のために、
ああした安旅籠がぽつんとある」
屋根看板を見上げれば、剝げかかった文字で『大黒屋』とあった。
軒には嘴太《はしぶと》の烏《からす》が止まっている。
「盗人宿《ぬすっとやど》のようだな」
「言われてみれば、そうかも」

慎十郎は、深刻さの欠片《かけら》もない卯之吉を睨みつけた。

「おぬし、悪党どもに十両払って、それで済むとおもっておるのか」

「わかりません。でも、ひと息くらいはつけるかと」

「骨までしゃぶられるぞ。おぬしだけではない。妹のおみわどのも迷惑を蒙ろう」

「今さら、どうせよと仰るのです」

「わしに任せてもらえれば、悪党どもを追っ払ってやってもよい」

「まことですか、それは」

卯之吉は慎十郎の顔をまじまじとみつめ、勢いよく膝を打った。

「合点がいきました。毬谷さまは、この十両が欲しいのでしょう。美人局の連中を懲《こ》らしめるかわりに、報酬を望んでおられるのだ」

「金などいらぬ」

「えっ。それなら、どうして助けてくださるのです」

「おぬしが困っておるからだ」

「困っている者がいたら、無償で助っ人《すけと》なさると仰るので。毬谷さまはもしや、神さまか仏さまであられますか。それとも、妹のおみわを見初《みそ》められたとか。それなら、兄の手前が月下氷人の役目をつとめましょう」

「……よ、余計なことはいたすな」

「おや、茹で海老になられたな。純情なお方だ。されど、純情だけで世の中は渡っていけませぬぞ」

板元の手代に説教された。腹を立ててもよいところだが、不思議と納得させられてしまう。されど、理不尽なことで困っている人を助けずにはいられない。

「ともあれ、この十両を手切れ金にしてもらいます。それでも相手が文句を抜かすようなら、助っ人していただけませぬか」

「承知した」

美人局に引っかかる間抜けにしては、潔いことを言ってのける。

慎十郎は感心しながら、安旅籠のほうへ足を向けた。

さきに卯之吉がはいり、少し遅れて敷居をまたぐ。

入口に控える老婆に宿代を払い、がらんとした板の間を見渡した。

広い板の間のまんなかには囲炉裏《いろり》が切ってあり、四人の旅人が座っている。

行商らしき者と旅芸人らしき女、五分月代《さかやき》の侍と病んだ妻、この四人以外にはおらず、悪党らしき連中の影はない。

もちろん、個々の部屋もあるのだが、旅人たちは火のそばに集まってくる。旅人たちがいる板の間だけをみると、木賃宿と何ら変わりがない。

卯之吉は囲炉裏端《ばた》の空いたところに座り、慎十郎は片隅の壁に背をもたせかける。

はなしがこじれたときの手筈などは打ちあわせておらず、阿吽《あうん》の呼吸でどうにかするしかなかった。

おそらく、金を取りにやって来るのは臼の権六であろう。

用心棒の鮫洲九郎兵衛もいっしょなら厄介だが、助っ人を約束した以上、いざというときは刀を抜かねばならぬ。

慎十郎は部屋の広さを目で測り、天井の高さや柱の位置、囲炉裏端に座る者たちの配置などを頭に刻んだ。

やがて、表が騒々しくなり、人相の悪い連中が三人すがたをみせた。

先頭の男は、相撲取り並みに大きい。

臼の権六にまちがいなかった。

四人目に登場したのは、色気を振りまく仕種が板に付いた女だ。

襟元をわざと大きく開き、白粉《おしろい》の塗られた肩をみせている。

用心棒の鮫洲はいない。

「おつう、こんなかに知った顔はいるか」

権六の野太い声に応じ、おつうは顎をしゃくった。

「あいつだよ。あたしのからだをしゃぶったすけべ野郎さ」

睨まれた卯之吉は、首を縮める。

ほかの連中は、静かに離れていった。

「あんなやつだっけかな。ちょいと挨拶《あいさつ》しただけだから、忘れちまったぜ」

「まちがいないよ。ほら、兎《うさぎ》みたいに、ぶるぶる震えていやがる」

「ほんとうだ。でもよ、兎汁にしたら不味そうだな」

権六はふたりの手下をしたがえ、囲炉裏のそばへ近づいてきた。

そして、やにわに裾《すそ》をまさぐり、股間《こかん》からいちもつを抜きだす。

いちもつに片手を添えて小便を弾き、薪の炎を消してしまった。

「ぬへへ、今夜は寒いぜ。まだ彼岸前だかんな」

「堪忍《かんにん》してください」

卯之吉は床に両手をつき、声を震わせた。

「……じゅ、十両はお持ちしました……こ、ここにござります」

取りだした小判を床に置くと、権六が大股で歩みよってくる。

「これでご勘弁を。手切れ金ということで、どうか、お願いいたします」

「手切れ金だと、ふざけんじゃねえ」

権六は怒鳴りあげ、大きな足で卯之吉の肩を蹴りつけた。

「ひっ」

短く悲鳴をあげたのは、旅芸人の女だ。

権六は女を睨み、前歯を剝《む》いて威嚇《いかく》する。

慎十郎は暗がりに座ったまま、ぴくりとも動かない。

まるで壁にでもなったかのようで、誰も気づいていなかった。

「卯之吉とやら、へへ、これがつきあいのはじまりだ。骨までしゃぶってやるから、楽しみに待ってな」

「ご勘弁を、ご勘弁を」

謝る卯之吉に、権六は笑いかける。

「いいや、勘弁ならねえ。闇樽と関わったのが運の尽きよ」

脅えきった卯之吉のからだを引きずりおこし、大きな掌で襟首を捻りあげた。

「……く、苦しい」

哀れな板元の手代は、宙に浮いた足をばたつかせた。

と、そこへ、別の大きな人影が近づいてくる。

「そこまでだ、放してやれ」

慎十郎であった。

権六よりも横幅はないが、背丈はある。

「誰だおめえは」

卯之吉は床に落ち、ぐったりしてしまう。

慎十郎は薄暗がりから抜けだし、身を寄せてやった。

行燈に照らされた顔を見て、権六はおもわず身を反らす。

「……て、てめえ、弁天屋の用心棒か」

「おぼえておったか。それなら、はなしは早い。十両で手を打て」

「うるせえ、てめえなんぞに口出しはさせねえぞ」

「それなら、十両も置いていけ」

権六は眸子をひん剝いた。

「おれさまに冗談は通じねえぜ」

「冗談ではない。ついでに、右腕も置いていくか」

「何だと」

「何人もの罪無き人を痛めつけてきた腕だ。殺められた者もあるかもしれぬ。改悛《かいしゅん》の情をしめす気があるなら、許してやってもよいがな。どうする」
「しゃらくせえ」
権六は床を踏みつけ、頭から突進してきた。
これを易々と躱し、慎十郎は目にも止まらぬ捷《はや》さで抜刀する。
――びゅん。
稲妻が走ったかにみえた。
つぎの瞬間には、抜いたはずの白刃が鞘《さや》に納まっている。
ぼそっと、太い右腕が床に落ちた。
「……ひ、ひぇええ」
悲鳴をあげたのは、おつうだ。
権六はふらつきながら、囲炉裏のなかへ横倒しになった。
――どしん。
濛々《もうもう》と灰が舞いあがる。
慎十郎は素早く駆けより、輪切りになった肘の傷口を熾火《おきび》にくっつけた。
――じゅっ。
権六はこの世のものともおもえぬ声をあげ、白目を剝いて失神する。

「血は止まった。こいつを連れていけ」

ふたりの手下が左右から脇を抱え、権六を引きずっていった。

部屋に残された者たちは、金縛りにあったように動けない。

おつうもそうだ。

立ったまま、失禁している。

慎十郎は床に転がった腕を拾い、おつうのそばに近づいた。

「……あ、ああ……か、堪忍しとくれよ」

「いいや、堪忍ならぬ。おぬしは何人もの男を騙し、破滅に追いこんできた。ほれ、持っていくのだ。権六の腕とともに、悪心も葬ってしまえ」

おつうは腕を押し抱《いだ》き、弾かれたように逃げていく。

灰にまみれた床には、十枚の小判が散らばっていた。

これでよかったのかどうか、慎十郎にはわからない。

だが、こういう形でしか解決できないのだ。

かえって、事態を面倒臭くしただけかもしれなかった。

卯之吉もそう感じているのか、礼のことばひとつ漏らさない。

慎十郎は小判を拾いあつめると、血腥《ちなまぐさ》い安旅籠をあとにした。

八

弁天屋に戻って事情をはなすと、おときは顔色を変えた。

「おまえさん、この落とし前、どうつけてくれるんだい」

顎の下で震える毛を、慎十郎はじっとみつめる。

「闇樽を率いる奈落の陣五郎はね、それは恐ろしいやつなんだよ」

じつは、おときも喋ったことはないという。

「遠目にみたことはある。蟷螂《かまきり》みたいに手の長い男さ。顔もそう、蟷螂だね」

痩せてひょろ長く、残忍な性分が面に滲《にじ》みでているらしい。

「乾分《こぶん》たちを叱る声は嗄《か》れていてね、錆《さ》びた刃物を鑢《やすり》で研《と》いだような声さ。それにしても、右腕を落としちまうとはね。臼の権六は陣五郎から可愛《かわい》がられていたらしいから、あたしゃ今夜から枕《まくら》を高くして寝られないよ」

後ろに控える卯之吉は、自分が蒔《ま》いた種だけに不安でたまらない様子だった。

慎十郎は、けっして謝ろうとしない。

やったことの善《よ》し悪《あ》しは判別できぬものの、後悔はしていなかった。

「闇樽の連中は、それほど悪いやつらなのか」

「悪党のなかの悪党だね。金になるなら殺しだって何だってやる。しかも、女子供でも容赦はしない」

「どうして、そんな悪党どもが野放しにされておるのだ」

「町奉行所のお偉いさんと裏で通じているのさ。役人どもに甘い汁を吸わせ、自分たちはのうのうとしていやがる。悪徳商人や廓の忘八《ほうはち》なんかとも懇《ねん》ろでね、表に出せないような汚れ仕事を一手に引きうけているんだよ」

「つまり、世のためにならぬ連中というわけだな」

慎十郎はうそぶき、不敵《ふてき》な笑みすら浮かべてみせる。

おときは呆気にとられつつも、慌てて首を横に振った。

「おまえさん、まさか、斬りこむつもりじゃなかろうね」

「悪党どもを根こそぎにする。それも悪くない考えだ」

「やめとくれ。あんたが死ぬのはかまわないけど、こっちに迷惑が掛かっちまう」

「なら、どうする」

「方法はふたつ、夜逃げをするか、まとまった金を携えて謝りにいくか」

おときは溜息を吐きながら、帳場の床下から五百両箱を取りだす。

蓋《ふた》を開け、箱から無造作に小判を取りだすと、水玉模様の手拭いに包んで腰帯に巻きつけた。

「百両はある。今から謝りにいくよ」

覚悟を決めると、行動は早い。

「行く先は駒込《こまごめ》のお富士《ふじ》さんのまんまえだ」

熔岩《ようがん》を積みあげて築いた駒込富士の門前町なら、何度かおもむいたことはある。

おときは早駕籠《はやかご》に乗り、慎十郎は駕籠脇に従《つ》いて小走りに駆けた。

もうひとりの用心棒、安島八十八《やそはち》も駆りだされ、嫌々ながらも従いてくる。提灯持ちの三次は快足を飛ばして先行し、厄介事の原因《もと》をつくった卯之吉はやっとのことで駕籠尻を追いかけた。

女ひとりに男四人、総勢五人でもって中山道《なかせんどう》から日光《にっこう》街道へ、天栄寺《てんえいじ》青物市場《やっちゃば》前から吉祥寺《きちじょうじ》門前へ、死地へとつづく暗闇を必死の形相で駆けつづけたのである。

目途の駒込に着いた途端、おときは駕籠から転がりおちた。

激しい揺れに耐えかねたのか、ほとんど気絶しかけている。

三次と卯之吉が両脇から抱え、引きずるようにして運んだ。

「姐さん、重えよ。自分の足で歩いてくれ」

「無理だよ、三次、足が痺《しび》れて動かない」

慎十郎がみるにみかねて、おときを軽々と抱きあげる。

おもいがけない行為に、高利貸しの女主人は未通娘《おとめ》のように恥じらってみせた。

「姐さん、頬を染めている場合じゃねえぜ」

「ああ、わかっているよ」

おときに促されて慎十郎が地べたに降ろすと、しゃんとして歩きだす。

面前に立ちはだかる屋敷には、怪しげな軒行燈《のきあんどん》が点《とも》っていた。

闇樽の根城だ。

「わしは後詰めをやる。内には入らぬぞ」

「ふん、勝手にさらすがいいさ。三次、表戸を敲《たた》きな」

と、安島が言った。

「へい」

三次は恐る恐る近づき、覚悟を決めて戸を敲く。

何度か敲きつづけると、脇の潜り戸から若い衆が顔を出した。

おときが身を寄せ、裾を割って屈《かが》む。

「弁天屋のおときだよ。入れておくれ」

若い衆は提灯をかたむけ、おときの顔を照らす。

「待ってろ」

しばらく待たされ、あきらめかけたところで、表戸が轟音《ごうおん》とともに開いていった。

「うっ」

おもわず、仰《の》けぞってしまう。

屋敷の内はいくつもの行燈《あんどん》で煌々《こうこう》と照らされ、上がり端から土間にいたるまで、破落戸どもで埋まっていた。

臼の権六はみあたらぬものの、剣客の鮫洲九郎兵衛はいる。

まんなかの床几に座っているのが、奈落の陣五郎であろう。

なるほど、面相は蟷螂に似ていた。

「弁天屋のおときってのは、おめえか」

吐きだされた声は、風邪をひいた烏のように嗄れている。

「へへ、まあこっちに来い」

「はい」

おときは歩きだしで足を縺《もつ》れさせ、敷居に爪先《つまさき》を突っかけて転ぶ。

転んだ拍子に腰の手拭いが解け、小判が勢いよく土間に散らばった。

「ぬひゃひゃ、景気がいいな」

「すみません、とんだ粗相を」

「いいさ。おい、てめえら、拾ってさしあげな」

陣五郎に命じられ、乾分どもが近づいてくる。

「待て」

慎十郎が大股で踏みだし、敷居をまたいだ。

「その金に触るな」

陣五郎が三白眼《さんぱくがん》で睨みつけてくる。

乾分のひとりが近寄り、耳打ちをした。

「ほう、おめえさんか。権六の右腕を断ったってのは」

「さよう」

「凄腕らしいな。名を聞いておこうか」

「毬谷慎十郎」

「ふうん、それで、毬谷某が何しに来やがった」

おときがすかさず、ことばを差しはさむ。

「陣五郎の親分さん、あたしらは謝りにきたんです。百両持ってまいりました。これをお納めくださいまし」

拾った小判を胸に抱き、痛々しいすがたで懇願した。

「なるほど、そういうことかい。おときよ、もっとそばに来てみろ」

「……は、はい」

「おっと、でけえのはそのままだ。毬谷とやら、おめえはそっから一歩も動いちゃならねえ」

おときは慎十郎に目配せし、ひとりで陣五郎のそばまで進む。

そして、目の前で跪《ひざまず》いた。

「へへ、近くでみると、なかなか別嬪《べっぴん》じゃねえか。それに、度胸もある。おれは度胸のある女が好きでな。あれ、そいつは何だ」

「えっ」

「顎に一本だけ、ぴろんと生えてる毛だよ」

「これは願掛けで、死んだ親から弁天屋を継いだ十六のときから生やしております」

「ふうん、さぞかし、だいじな毛なんだろうな」

「そりゃもう、これが抜けたら、運がいっぺんに逃げちまいます」

「どれ、もうちょっと近くでみせてくれ」

「はい、これでよろしゅうござんすか」

おときが顎を突きだすや、陣五郎の手がすっと伸びた。

――ぶちっ。

あっさり、毛を抜いてみせる。

「ひぇっ」

おときは腰を抜かした。

どっと笑いが起こり、陣五郎は抜いた毛をふっと吹きとばす。

そして、魂が抜けたようになったおときに向かって、鬼の形相で怒鳴りつけた。

「可愛い乾分の腕一本が百両か、冗談じゃねえ。てめえも後ろのでけえのも、腕一本ずつ置いていけ」

慎十郎が、ずいっと身を乗りだす。

「おっと、動くんじゃねえ。こいつがどうなっても知らねえぜ」

剣客の鮫洲が白刃を抜き、切っ先をおときの首にあてがった。

「……か、堪忍してください……い、命だけは」

すっかり弱気になったおときは、立ちあがる気力も失《う》せたかのようだ。

陣五郎がたたみかける。

「よし、命は助けてやる。金もいらねえ。そのかわり、おめえらにやってほしいことがひとつある。へへ、そいつを聞いちまったら、あとにゃ引けねえぜ」

「……な、何でもやります……も、申しつけてくださいな」

「おとき、おめえは素直でいいやつだな。それじゃ、言うぜ。与力をひとり始末しろ。名は大西内蔵助、おめえらも知っている相手だ」

おときは俯《うつむ》いたまま、じっと黙っている。

「三日後の亥ノ刻《いこく》（午後十時頃）、八丁堀の屋敷で殺《や》るんだ。わかったな。おい、どうした、返事がねえぞ」

「……か、堪忍を。与力殺しは重罪です」

「んなことはわかってらあ。おい、てめえら、おつうをここへ連れてこい」

「へい」

乾分ふたりが奥へ引っこみ、嫌がるおつうを引っぱってくる。

「おときよ、この女は莫迦な男を誑しこむのが得手でな、美人局でちまちま稼いできたが、おれの下にいるのが嫌になったようで、とんずらしようとしやがった。ふふ、世間で言うところの裏切りってやつだ。闇樽を裏切ったら、どうなるかみせてやる」

陣五郎は懐中から匕首《あいくち》を抜いた。

「うえっ、やめておくれよ」

「命乞いは通用しねえぜ」

「ちがうんです。乳飲み子がいるんです」

「ああ、知っているぜ。おめえが父無し子に乳をやっているのはな。でもよ、そんなことはおれに関わりねえ」

陣五郎はうそぶき、連れてこられたおつうの耳に刃をあてがう。

微塵《みじん》の躊躇《ちゅうちょ》もなく、すっと引きおとした。

「ぎゃっ」

斬られた耳が床に落ちる。

「ひぇえぇ」

おつうは狂ったように叫び、乾分たちに引きずられていった。

「ふん、ああなっちまったら、女は使いものにならねえ。おときよ、わかんだろう。逃げようなんてことは考えねえほうがいい」

「……わ、わかりました」

「わかったら、とっとと出ていけ。ただし、せっかく持ってきたんだ。金は置いていきな」

おときは立ちあがり、ふらつきながら幽鬼《ゆうき》のように戻ってくる。

慎十郎は入れ替わりに、一歩踏みだそうとした。

鮫洲や乾分たちが、一斉に身構える。

「よしとくれ」

後ろから袖を引かれた。

おときが蒼白《そうはく》な顔を向けてくる。

「もう、後戻りはできないんだよ。あんたに殺ってもらうからね」

どつぼに嵌《は》まるとは、こういうことを言うのだろうか。

長い一日の疲れが身を重くさせ、頭もまともに動かない。

存外に強い力で袖を引かれ、慎十郎はふらつきかけた。

九

三日後。

夜空には上弦の月が煌々と輝いていた。

亥ノ正刻になると、江戸じゅうの町や往来を区切る木戸は雷《かみなり》のような音を轟《とどろ》かせ、一斉に閉められる。

慎十郎は安島八十八とともに、八丁堀の極楽橋を渡った。

「三途《さんず》の川を渡った気分だ。文字どおり、この橋は地獄橋さ」

自嘲《じちょう》する安島は、慎十郎の首尾を見届けるために寄こされた。いわば監視役である。

与力殺しを目に留めるだけで、五両貰えるらしい。

「おときのやつ、胸突八丁《むなつきはっちょう》の大盤振る舞いだな」

慎十郎は足を止め、欄干まで進んで漆黒《しっこく》の川面をみつめた。

「すまぬが、わしはやらぬ」

「ほう、おときに三日三晩説得されて、出したこたえがそれか。ま、わからんでもないがな。与力を殺せと命じられて、怖《お》じ気《け》づかぬやつはおらぬ」

「怖じ気づいたのではない。斬る理由がみつけられぬからさ」

「自分の蒔いた種であろうが。おぬしがやらねば、おときや弁天屋の連中は無事でいられなくなる。おそらく、根絶やしにされるだろう。そうさせぬために与力をひとり斬るってのも、立派な理由にはなるぞ。要は、自分が生きのびるための方便だ」

「人を殺《あや》めるのが方便か。ふん、あんたとはわかりあえぬ」

「くく」

安島は笑った。

「おぬし、誰かとわかりあいたいのか。甘ったれたやつだな。所詮《しょせん》、人は独り。生まれてくるときも死んでいくときもな。それがわかっておらぬやつは騙される。悪党どもの鴨《かも》にされ、惨《みじ》めに死んでいくしかない。大西とかいう与力も、どうせその口だろう。美人局を仕掛けた女の身の上話を聞いてやり、女を助けたばかりか、闇樽の連中に強請られて金まで払った。人がいいにもほどがある。わしに言わせれば、救いがたいほどの阿呆《あほう》だ」

「役人のなかにも、ひとりくらいは阿呆がいてもいい」

「ふん、まだ言うか。それなら、どうしてここへ来た。与力と酒でも酌みかわして帰るのか」

それもよい。大西とじっくりはなせば、解決の糸口がみつかるかもしれぬ。

慎十郎は一縷《いちる》の望みを胸に携え、ともかくは会ってみようとおもったのだ。

ふたりは欄干から離れ、橋を渡りきった。

屋敷のある辺りはひっそり閑と静まり、人っ子ひとり歩いていない。

――火の用心さっしゃりませえ。

遠くのほうから、拍子木《ひょうしぎ》の音が聞こえてくる。

目の前には、木西邸の冠木門があった。
押してみると、容易に開く。
「不用心だな」
安島が囁いた。
軒を借りている者もいないので、門の内は真っ暗だ。
妻子は出ていったきりだし、奉公人にも暇を出したと聞いた。
大西は夜中に呑み歩く習慣もない。褥《しとね》に就いたのかもしれなかった。
敷石を伝って、表口へたどりつく。
ためしに手を伸ばし、引き戸を引いてみた。
「ん、開いておるぞ」
「妙だな」
戸を静かに開け、慎十郎がさきに忍びこむ。
安島も刀の柄に手を添え、慎重にしたがった。
土足のまま廊下にあがり、一歩ずつそっと足を運ぶ。
奥へ向かうにつれて、血腥い臭いが濃厚になってきた。
部屋の襖《ふすま》や障子は破れ、壁には血がべっとりついている。

どうにか冷静さを保ちつつ、惨状となった部屋を覗いた。

「うっぷ、これは酷《ひど》い」

安島は顔を背ける。

誰かが、床柱《とこばしら》にもたれて死んでいた。

不思議なことに、有明行燈《ありあけあんどん》が倒れずに立っている。

慎十郎は畳の血を踏まぬよう、恐る恐る近づいた。

死んでいるのは、大西内蔵助にまちがいない。

が、正直なところ、判別しづらかった。

百会《ひゃくえ》を皿のように殺《そ》がれ、顔じゅうを血で染めているからだ。

「頭殺ぎか。殺《や》ったやつの見当はつくな」

安島はつぶやき、袖で鼻と口を隠す。

抗《あらが》ったことを物語るように、遺体は抜き身の刀を握っていた。

眸子を瞠《みは》り、何事かを訴えかけたいのか、口を開いている。

慎十郎は手を伸ばし、瞼《まぶた》を閉じてやった。

「闇樽の連中の仕業だな」

「ああ、されど、自分たちの手で殺るのなら、何でおれたちを来させたんだ」

安島は言ったそばから、舌打ちをする。

「ちっ、嵌める気か」

何かを察するや、廊下に戻り、脱兎《だっと》のごとく走りだした。

行く手の表口が何やら騒がしい。

「罠《わな》だ」

と、安島が叫んだ。

あらかじめ、捕り方が待ち伏せしていたのである。

慎十郎は片手で遺体を拝み、さっと身をひるがえした。

与力殺しの濡《ぬ》れ衣《ぎぬ》を着せるべく、敵は罠を仕掛けていた。

捕まれば斬首《ざんしゅ》は免れまい。

何としてでも、屋敷から脱けださねばならなかった。

「くわああ」

安島は表口から飛びだし、捕り方の網に掛かった。

「くそったれ、何でこうなる」

三つ道具を抱えた連中が、門からどっと雪崩《なだ》れこんできた。

安島は髪を乱して刀を振りまわし、必死の抵抗をこころみる。

だが、三方から梯子を掛けられ、呆気なくも動きを止められた。
その様子を尻目にしながら、慎十郎は裏手に向かって走りぬけた。
勝手口から飛びだすと、塀の向こうに無数の御用提灯が閃《ひらめ》いている。
窮鼠《きゅうそ》となり、不思議なほど頭が冴えてきた。
目に留めた古井戸に身を寄せ、釣瓶《つるべ》の綱を支柱に結びつける。
躊躇《ためら》うこともなく、綱を伝って下まで降りていった。
底には膝頭のあたりまで、冷たい水が溜《た》まっている。
横穴もあったが、通り抜けはできそうにない。
かなり深いので、上から光を当ててもみつけにくいだろう。
一刻ほどじっと息をひそめ、騒ぎが収まるのを待ちつづけた。
そして、足の痺れをものともせず、綱を伝って井戸の外に出た。
耳を澄ましてみても、屋敷の内に捕り方の気配はない。
慎十郎は塀まで近づき、裏木戸をそっと開けた。
顔を差しだすと、露地裏にも人の気配はない。
ほっと、安堵《あんど》の溜息を吐く。
まんまと外へ脱けだすことができた。

その足で霊岸島へ向かい、新川の船着場で小舟を盗んだ。櫓《ろ》を操って大川を遡《さかのぼ》り、柳《やなぎ》橋から神田川へと進んだのち、和泉《いずみ》橋の舟寄せから陸へあがる。

東の空がほんのり明け初めていた。

明け烏のほかには迎える者とていない。

とりあえず、下谷広小路《ひろこうじ》から同朋町へ足を向けた。

弁天屋の表口は閉めきられており、勝手口の戸を外して踏みこむと、なかは蛻《もぬけ》の殻だった。

「逃げたか」

おときはこういうこともあろうかと、最初から逃げの一手を打つ気でいたのだ。

虚しさを抱えつつ、池之端から無縁坂をめざした。

たどりついたさきは、丹波道場である。

次に戻るときには、少しでも成長した自分でいたいと心に決め、初午の朝に飛びだした。

だが、慎十郎にしてみれば、最後の寄る辺にほかならない。

見慣れた門の内から、溌剌《はつらつ》とした声が響いている。

「せい、せい」

咲だ。

素振りの稽古をしている。

躊躇することはない。

何食わぬ顔で門を潜っていけばよい。

ところが、足が竦《すく》んで動かなかった。

咲の潑剌とした声が、戻るのを拒んでいるように聞こえる。

慎十郎はあきらめ、道場に背を向けた。

のこのこ逃げもどるまえに、昨夜の出来事を冷静に考えなおしてみなければならぬ。

大西内蔵助は何故、殺されねばならなかったのか。

そして、死ぬまえに何を訴えたかったのか。

ここまで深く関わった以上、すべてのからくりを解かねばなるまい。

「くそっ、やってやる。おのれの力で解決してみせる」

慎十郎は重い足を引きずりながら、疲弊《ひへい》しきった心に呼びかけた。

十

大西内蔵助の亡骸《なきがら》は八丁堀の自邸ではなく、意外にも檜物町の『木曾屋』に移され、妻であるおうめの仕切りで通夜《つや》が営まれることとなった。

足を向けてみようとおもったのは、そのことを風の便りで知ったからだ。

線香の一本でも手向けたいとおもい、夜風に吹かれながら檜物町の露地裏へやってきた。

昼間じゅう歩きまわって情報を集めたが、与力殺しは表沙汰《おもてざた》になっていない。

おそらく、公儀は殺された理由をでっちあげる腹なのだろう。

辻斬《つじぎ》りか何かのせいにして、下手人に仕立てあげた安島八十八を斬首する。

奈落の陣五郎が狙ったとおりになるのだ。

檜物屋の軒先には白張提灯《しらはりぢょうちん》がぶらさがり、喪服姿の弔問客《ちょうもん》が出入りしている。

捕り方の警戒がないのを確かめ、慎十郎は門を潜った。

表口へ向かい、敷居をまたぐ。

土間に置かれた草履は、さほど多くない。

廊下は線香の匂いに包まれ、奥の仏間を訪ねてみると、顔を白い布で覆った大西が蒲団に寝かされていた。

枕元に正座したおうめが目頭に袖を当て、さめざめと泣いている。

その様子をみただけで、貰い泣きしそうになった。

焼香台のそばには、厳しい顔の老爺が幼子を抱いて座っている。

おうめの父親は名を伊平《いへい》といい、三つの子は竹太郎《たけたろう》というらしい。

本人に聞いたはなしだ。竹太郎は四十を過ぎてようやく授かった子なので、目に入れても痛くないほど可愛いと言っていた。

おうめは頼りない与力の夫に、けっして愛想を尽かしたのではない。

気に掛けていたからこそ、悲惨な最後を遂げた屍骸《むくろ》を引きとり、実家のほうで弔うことにしたのだ。

大西は親兄弟もなく、親戚とも疎遠だったらしい。さまざまな事情はあったにせよ、おうめが亡骸を引きとった理由は、断ちきることのできない未練を感じていたからだろう。

慎十郎は、そうおもいたかった。

そうでなければ、大西があまりに可哀相すぎる。

焼香台に進んで、お悔やみのことばを述べた。

遺体の頭は布で覆ってあり、凄惨《せいさん》な斬り口は隠されている。

それでも顔を拝む気にはなれず、早々に出ていこうとした。

すると、おうめが音もなく近づいてきた。

部屋の隅へ導かれ、対座した途端に深々とお辞儀をされた。

「毬谷慎十郎さまにござりますね」

「えっ」

「先日お訪ねくださったときは、ご無礼いたしました。じつは昨夕、大西がここへ訪ねてまいったのでござります」

「……そ、そうなのか」

「はい。毬谷さまのことを告げられました」

何故か、そこへ、茶運び人形が近づいてくる。

茶碗は持っておらず、礼をすると伊平のもとへ戻っていった。

慎十郎が目で追っていると、おうめは半笑いの顔をしてみせる。

「大西の買いもとめた、からくり人形でござります。隠居したら、からくり人形師になりたいと言っておりました。唯一の嗜みだった人形が、唯一の遺品にござります」

「そうであったか」

お辞儀をする人形の仕種さえもが、どうにもうら悲しい。

「それで、大西どのは何と」

「なかなか頼もしい若侍と知りあいになったと、楽しげに申しておりました。そして、毬谷さまが訪ねてきたら、鉄炮洲の浅間神社へ供物を捧げるように伝えてほしいと、何故か、そんな言伝を。今にしておもえば、死ぬことを予期していたかのようにござりました。不吉な予感がしたのです。あのとき足止めしておれば、このようなことにはなっていなかったかもしれませぬ」

「ご自身を責めぬほうがよい。大西どのは、おうめどののことを案じておられた。商家から嫁いできて苦労も多かったろうに、文句も言わずによくぞここまで従いてきてくれた。何よりも、竹太郎を産んでくれたことがありがたいと何度も繰りかえし、拝むように感謝しておられたのだ」

「……お、大西が、そのようなことを……う、うう」

おうめは嗚咽《おえつ》を漏らし、もはや、喋ることもままならない。

慎十郎は伊平老人に一礼し、仏間からそっと廊下へ抜けだした。

最愛の夫を失った妻の慟哭《どうこく》が、外へ出ても耳に聞こえてくる。

戸脇に転がった曲げわっぱを拾い、懐中に仕舞いこんだ。
かならず仇は討ってやると、慎十郎は胸に誓った。
その足で霊岸島の新川へ向かい、薄汚い居酒屋の暖簾《のれん》を振りわける。
大西と酒を酌みかわしたところだ。
親爺に大西の死を伝え、供養のために結びを三つ握ってほしいと頼んだ。
親爺は快く承諾してくれ、おかかの結びを握ってくれた。
拾った曲げわっぱに結びを詰め、本八丁堀五丁目の稲荷橋をめざす。
橋向こうの鉄炮洲稲荷は、鬱々《うつうつ》として沈んでみえた。
鳥居を潜っても、参道に人気はない。
境内を突っ切り、熔岩の積まれた富士塚へ登る。
息を弾ませて向かったさきに、浅間神社の祠があった。
燧石《ひうちいし》を打ち、携えてきた蠟燭《ろうそく》に火を灯す。
拝殿に置かれた三方に、供物はみあたらない。
ここ数年は、捧げる者とてないのだろう。
結びの詰まった曲げわっぱを取りだし、三方へ載せる。
刹那、かたんと音を鳴らし、三方が持ちあがった。

「えっ」

咄嗟《とっさ》に、茶運び人形のからくりをおもいだす。

「もしや、これをやらせたかったのか」

蠟燭を近づけると、三方の下に盛り土がしてあった。

急いで掘りおこすと、箱の蓋らしきものがみえてくる。

取りだしてみたのは、大きめの文筥《ふばこ》であった。

蓋を開けると、薄い帳面が入れてある。

大西だ。

そういえば、自分には狐以外に信頼できる者はいないと言っていた。

狐ではなく、慎十郎に何かを託そうとしたにちがいない。

震える手で帳面を捲《めく》った。

——町名主升屋《ますや》伝兵衛《でんべえ》の罪状
とある。

細かい字で丹念に綴《つづ》られている。

暗すぎて読めないところもあるが、どうやら、京橋一帯の自治を任された町名主が町入用《まちにゅうよう》の七分金積立について不正な流用をおこなっているとの記述だった。

七分金積立のことなら、龍野藩にいたころ、教えてもらったことがある。災害や飢《き》饉《きん》への備えとして、町人から集めた入用金の七割を貯蓄にまわす施策だ。寛政《かんせい》当初から、五十年近くもつづけられている。向柳原《むこうやなぎわら》には町会所と十数棟の籾蔵《もみぐら》が築かれており、年に二万両とも噂される積立金の総額は今や百万両を軽く超え、積立金のなかから中小の地主や御家人に貸しだされているぶんだけでも三十万両におよぶという。

以前、脇坂家の江戸家老である赤松豪右衛門《あかまつごうえもん》に義捐金《ぎえんきん》の説明を受けたことがあった。殿さまの安董公は老中として幕閣の中枢《ちゆうすう》にあるため、時折、小難しい世の中の仕組みを聞かされていたのだ。赤松の講義から逃げたかったことも、藩から足が遠のいた理由のひとつかもしれない。

しかし、今はそのとき耳にした講義が役に立っている。

本来は義捐金にまわすべき積立金の一部が、不正に運用されているというのである。しかも、帳面に記された金額は小遣い稼ぎに掠めとった程度のものではなく、とんでもない金額にのぼっていた。

事実であれば、死罪にしても足りぬほどの重罪にまちがいない。

なるほど、大西内蔵助は町会所を監視する役目を任されていた。

町の有力者である名主の不正を嗅ぎつけられる立場にあったのだ。

ただ、確乎たる証拠を摑まねば、墓穴を掘ることにもなりかねない。

それというのも、町奉行所のなかでは役人たちに金轡《かなぐつわ》を嵌めることが公然とまかりとおっているからだ。したがって、有力な町名主の不正を生真面目に追及する者など、皆無《かいむ》に等しかった。

大西は生真面目な性分ゆえに、不正を追及しようとしたのだ。

そして、悪党を崖《がけ》っぷちへ追いこんだ。

にもかかわらず、刺客に斬られた。

大西が殺められた理由は、悪事の経緯が克明に記されたこの帳面にあったのかもしれない。しかも、賢い与力は追及が核心におよべば、みずからの命が危険に晒されることを知っていた。

知っていたからこそ、妻子を家から逃したのだ。

わざと出ていくように、仕向けたのであろう。

慎十郎は、そうおもった。

町名主と闇樽の関わりは、調べてみればわかることだ。

もしかしたら、美人局に引っかかったのも、何らかの目途があってのことだったのかもしれない。闇樽と関わりを持ち、町名主の不正に深く切りこむ腹であったとすれば、大西は志なかばで斃《たお》れたことになる。

祠に祀《まつ》られた小さな白狐《びゃっこ》は、じつにさまざまなことを語りかけてきた。

まるで、大西の霊が憑依《ひょうい》しているかのようだ。

丹念に調べあげたことを分かちあう仲間もいなかったのだろう。

おそらく、誰かに聞いてほしかったにちがいない。

ともに命懸けで不正を追及する仲間を欲していたはずだ。

「哀れだな」

切羽詰まって最後に選んだのが、高利貸しの用心棒だった。

身分さえ定まらぬ自分のような者に、一縷の望みを託すしかなかったのか。

そう考えると、胸が痛くなってくる。

「さぞや、口惜しかろうな」

帳面を懐中に仕舞い、やおら立ちあがった。

名状しがたい怒りがからだじゅうに充満し、爆発しかけている。

「ぬおおお」

慎十郎は野獣のように咆哮《ほうこう》し、一気に岩山を駆けおりた。

やらねばならぬことはひとつしかない。

町名主のもとへ踏みこみ、脅しつけて悪事を洗いざらい吐かせる。

裏のからくりを明らかにしたあとは、悪党どもにひとり残らず引導を渡さねばなるまい。

十一

京橋の升屋はすぐにわかった。

大身の旗本屋敷とも見紛うような立派な屋敷が、商家や長屋の多い新両替町《しんりょうがえちょう》の一角に建っていたからだ。

伝兵衛という主人の顔を拝んでおきたかったが、そこまでは叶わなかった。

どっちにしろ、寝所に忍びこめばわかることだ。

大西内蔵助の残した帳面には、悪事のからくりが詳しく記されていた。

升屋に手を貸す悪党は、少なくとも三人いた。ひとり目は集まった町入用の一部を掠めとる役の為替《かわせ》両替商、ふたり目は帳簿を改竄《かいざん》する役の勘定方役人、そして三人目は不正を黙認する町奉行所の大物与力だ。すべての元凶とおぼしき升屋伝兵衛は、掠めた七分金積立の一部を米相場などに投じて殖《ふ》やす役目を負っている。ところが、残念なことに、升屋以外の名は記されていなかった。

大西が流用不正に関心を持ったのは、升屋の手代による密訴があったからだ。

密訴は北町奉行所の年番方与力に取りあげられ、内々に話しあいがおこなわれたものの、証拠不十分を理由に探索不要の指図が下された。しかも、その数日後に手代が変死を遂げたことで、密訴はなかったことにされたのである。

升屋が裏から手をまわしたにちがいないと大西は疑い、ひとりで秘《ひそ》かに調べをすすめた。

そして、手代の遺族を訪ね、密訴の裏付けとなる裏帳簿らしきものを入手した。

裏帳簿には升屋が町入用から流用した金の額と日付が三年に渡って綴られており、為替両替商や勘定方の役人と結託しておこなわれた悪事のからくりが説いてあった。

充分に納得できる内容であったが、如何《いかん》せん、一介の手代が記憶を頼りに綴った内容ゆえ、確乎たる証拠とは呼べなかった。

大西はさらに調べをすすめ、北町奉行所のとある大物与力に疑念を抱いた。

ただし、確信にはいたらなかったようで、名までは記されていない。大西の記した帳面は変死を遂げた手代の記録にくわえて、独自に調べあげた流用のからくりが列記されたものであったが、残念なことに調べが充分に足りておらず、町奉行に諮《はか》って評定に掛けるだけの根拠に乏しかった。

大西は道なかばにして、悪党の刃に掛かったのだ。

「さぞや、口惜しかったであろう」

やはり、悪党の巣へ踏みこむしかない。

慎十郎の出したこたえはそれであった。

そもそも、公儀を頼る気はなかった。

最初《はな》から自力で解決することしか考えていない。

慎十郎は空腹に耐えつつ、町が寝静まるのを待った。

浅い眠りから覚めると、子《ね》ノ刻（午前零時頃）が近づいている。

周囲は深閑《しんかん》となり、山狗の遠吠えも聞こえてこない。

物陰に蹲《うずくま》っていると、突風が往来を吹きぬけていった。

「よし、まいろう」

広い屋敷の裏手へまわり、高い塀によじ登る。

屋根のうえから見下ろすと、朝鮮灯籠《ちようせんとうろう》がみえた。

淡い月明かりに照らされ、裏庭が蒼々《あおあお》と浮かびあがる。

ひらりと地べたに飛びおり、母屋《おもや》のほうへ近づいた。

板戸を一枚外し、廊下へそっと忍びこむ。

右も左も真っ暗だ。

耳を澄ませても、咳《しわぶき》ひとつ聞こえてこない。

勘を頼りに廊下を進み、人の気配を慎重に探る。

夜目が利くほうなので、暗闇もさほど苦にはならない。

廊下を何度か曲がったところで、ふいに足を止めた。

廊下の幅があきらかに広く、天井や欄間《らんま》の造作もちがう。

おそらく、主人の寝所が近いのだろう。

案の定、誰かの寝息が聞こえてきた。

目と鼻のさき、右手の部屋だ。

左手は壁になっており、鴨居《かもい》に吊るされた手燭《てしょく》が、その部屋にだけ淡い光を投げかけている。

「ままよ」

慎十郎は果敢に踏みだし、邪魔な光のなかへ身を投じた。

大きな自分の影が廊下から壁を伝って、天井まで伸びる。

すっと息を吸いこみ、襖障子を開けた。

「うっ」

刹那、真正面と左右から龕灯《がんどう》が照射される。

眩《まぶ》しい光を手で遮った。

「殺っちまえ」

怒声とともに、人影が襲いかかってくる。

屈みこみ、藤四郎吉光を抜きはなった。

峰《みね》に返した一撃が、人影の肋骨《ろっこつ》を砕く。

「ぎゃっ」

間髪を容《い》れず、ふたり目が段平《だんびら》を突きかけてきた。

白刃を躱《かわ》して踏みこみ、柄頭を顔面に叩きこむ。

「ぬぐっ」

昏倒《こんとう》した破落戸どもが足許《あしもと》に転がった。

慎十郎はそれをまたぎこえ、躊躇《ためら》わずに前進する。

広い部屋の奥には、破落戸どもがひしめいていた。

「飛んで火に入る何とやら。升屋に踏みこんでくるとは、いい度胸じゃねえか」

声の主は誰あろう、奈落の陣五郎にほかならない。

爪を研《と》いで、待ちかまえていたのだ。

「何で罠に掛かったか、そいつを知りたかねえか。へへ、教えてやるぜ。升屋の旦那がな、おめえのことをご存じだったのよ。一年前、このお江戸で黒天狗《くろてんぐ》の一党を退治してみせた男がいた。たったひとりで、極悪人と恐れられた連中を始末しやがった。そいつが毬谷慎十郎だ。もっとも、おれさまはそんなやつなんざ知らねえ。のこのこ顔を出すわけがねえと高をくくっていたがな、升屋の旦那は『毬谷慎十郎なら、かならずひとりで屋敷へ乗りこんでくる』と仰った。さすが希代の相場師、旦那の仰るとおりだったというわけさ」

「長ったらしい説明はいらぬ。升屋伝兵衛は何処《どこ》におる」

「ここにゃいねえよ。今ごろは大坂《おおさか》の堂島《どうじま》辺りにいなさるはずだ」

「なるほど、おぬしらは留守を任された番犬というわけか」

「野良犬め、減らず口をたたくんじゃねえ」

「悪党は斬るのみ」

一歩踏みだすと、痩せた人影が立ちはだかった。

香取神道流の手練《てだれ》、鮫洲九郎兵衛である。

慎十郎は足を止め、三白眼に睨みつけた。

「おぬし、大西どのを殺めたな」

鮫洲は、にやりと笑う。

「与力は言うておった。自分が死んでも、悪の根はかならず断たれるとな。そして、おぬしがここにやってきた。わしからみれば、おぬしは腹を空かせた野良犬にすぎぬ。町奉行所の与力ともあろう者が後顧《こうこ》を託すにしては、ちとお粗末すぎやせんか」

「言いたいことはそれだけか。ほかに遺言があるなら、聞いておくがな」

「ふっ、おもしろい。その自信は何処からくるのだ。おぬしが敵にまわした闇樽は、人殺しを生業《なりわい》にしておるのだぞ。顧客は升屋のような大金持ちばかりだ。たいていの小悪党は、闇樽と聞いただけで震えあがる。そんな相手に、おぬしはたったひとりで挑みかかろうとしておるのだぞ」

「相手にしてみれば、存外にたいしたことはない。それを今から証明してやるさ」

「ふん、偉そうに。鼻っ柱をへし折ってやるから待っておれ」

鮫洲が得手とするのは居合だ。刀を抜かず、爪先を躙《にじ》りよせてくる。

狭い部屋のなかを勝負の場に選んだのも、そのためであろう。

慎十郎も刀を抜かず、天井までの高さを確かめた。

居合は鞘の内で勝負が決するともいう。

多くの場合、さきに抜いたほうが負けになる。

が、抜かねばならぬ絶妙の機を逸すれば、斬られるだけのはなしだ。

抜かずに間合いを詰める恐怖に何処まで耐えられるか、雖井蛙流を修めた慎十郎は、居合の返し技がもっとも難しいもののひとつであることを知っていた。

撃尺の間合いに迫るや、鮫洲はすっと柄を落とす。

こちらの機先を制する柄当てだ。

慎十郎は、わずかに体勢を崩された。

「ふん」

鮫洲は立合抜刀の姿勢から、逆手で刀を抜く。

ほぼ同時に、慎十郎も抜刀した。

――きいん。

火花が散る。

初太刀は辛くも防いだが、本気の二刀目が右の大外から巻きこむように襲いかかってきた。

巻き太刀、大巴《おおともえ》だ。

受けきれずに仰けぞった瞬間、ずばっと胸を裂《さ》かれた。

「ぬぐっ」

片膝をつくや、上段から斬りおとしてくる。

「はっ」

これを十字に受け、力を逃がしながら柄頭を突きだす。

顎を捉えた。

と、おもった瞬間、鮫洲はすっと後退《あとずさ》る。

「小癪《こしやく》な手を使う」

吐きすてるや、素早く納刀してみせた。

慎十郎は納刀せず、藤四郎吉光を畳に突きさす。

「ほう、何のまねだ」

「気にするな。苦しまぎれさ」

裂かれた胸は疼《うず》いたが、浅傷《あさで》であることはわかっている。

「されば、まいるぞ」

鮫洲はつっと近寄り、片膝を折敷《おりし》いた。

居合腰からの抜きつけ、必殺の頭殺ぎを繰りだすにちがいない。

慎十郎は豁然《かつぜん》と目を瞠った。
瞬きの差が生死を分ける。
飛蝗《ばった》のように跳躍する身軽な相手を、どうやって薙ぎふせるのか。
「いやっ」
鮫洲が飛んだ。
慎十郎は畳に刺さった吉光の鍔《つば》に爪先を乗せ、相手よりもさらに高く跳躍してみせた。
まるで、むささびが天井に貼《は》りついたかのようだ。
目途を失った鮫洲は、正面の襖障子をぶち抜いた。
廊下に転がって振りむくと、すぐそばに慎十郎が立っている。
「ふえっ」
鮫洲は闇雲《やみくも》に刀を振りまわし、死の恐怖を断とうとした。
が、すでに、勝負はついている。
慎十郎は脇差を振りおろした。
――ずばっ。
鮫洲の脳天が割れ、鮮血が噴きだす。

「ぶひぇええ」

陣五郎が手下ともども、背後を駆けぬけていった。

「逃すか」

慎十郎の投げた脇差が、陣五郎の尻に突きさささる。

「あひぇっ」

這いつくばって足掻《あが》いても、助ける手下はひとりもいない。

慎十郎は傷ついた胸を押さえ、ゆっくり近づいていく。

そのとき、ふと、左手に殺気をおぼえた。

――ずぼっ。

隣部屋の襖障子が破れ、丸太のような腕が突きだされてくる。

「うぬっ」

首根っこを摑まれた。

凄《すさ》まじい勢いで、右脇の壁に叩きつけられる。

昏倒しかけ、意識を取りもどすと、相撲取りのような大男に押さえつけられていた。

臼の権六だ。

左腕一本で首を摑み、ぐいぐい絞めつけてくる。

「てめえだけは許さねえ」
凄まじい膂力《りょりょく》だった。
さらに絞めつけられ、爪先が宙に浮く。
意識が飛ぶ寸前、頭突きを食らわせた。
――がつっ。
権六は動かない。
根が生えたかのようだ。
最後の力を振りしぼり、壁をおもいきり蹴りつける。
「ぬおっ」
折りかさなるようにして、廊下へ倒れた。
倒れた勢いを借りて、巴投げで投げとばす。
権六は隣部屋まですっ飛び、ぴくりとも動かなくなった。
慎十郎はどうにか身を起こし、そっと近づいてみる。
畳に刺した藤四郎吉光の刃が、権六の首筋を断っていた。
「運のないやつめ」
吉光を抜きとり、ふらつく足取りで廊下へ戻る。

陣五郎は逃げきれぬと悟ったのか、俯《うつぶ》せの恰好で拝んでいた。
「待ってくれ。金ならやる、いくらでもやるから、命は助けてくれ」
慎十郎は返事もせず、大股で近づいた。
許す気は毛頭ない。
「奈落へ堕《お》ちろ」
発するや、吉光を振りおろす。
悪党の断末魔が、夜の静寂《しじま》を裂いた。
仲間と勘違いしたのか、何処からか山狗の遠吠えが聞こえてくる。
――うおん。
裏木戸を抜けると、夜風がいっそう身に沁《し》みた。
慎十郎は襟を寄せ、露地裏の闇に溶けていった。

十二

翌朝、慎十郎は檜物町の『木曾屋』へやってきた。
遠目から軒先をのぞみ、経を唱えながら片手で拝む。

升屋伝兵衛は逃したが、飼い犬どもには引導を渡してやった。その報告をしたかったのだ。

「いずれは升屋の悪事をあばき、かならずあの世へおくってくれる」

胸に誓っていると、後ろに人の気配が近づいてくる。

「毬谷さま、手前にございます」

振りむけば、卯之吉が立っていた。

品川宿で美人局に引っかかった板元の手代だ。

「ここで待っておれば、かならず再会できると信じておりました。ちょっと、おつきあい願えませぬか」

「どうしたのだ」

「あなたさまにお目にかかりたいという方が待っておられます」

不審そうな顔で従いていくと、楓川の舟寄せにたどりつく。

小舟が横付けにされており、卯之吉に誘われて乗りこむと、棹《さお》を握った船頭が菅笠《すげがさ》をひょいとかたむけた。

みたことのある顔だ。

「おぬし、三次か」

「へい。姐さんが首を長くしておりやす」

小舟は楓川から日本橋川へ漕《こ》ぎすすみ、大川をも突っきった。

さらに、本所の佐賀《さが》町から油堀《あぶらぼり》へ鼻先を差しいれ、永代寺《えいたいじ》の門前町を掠めて島田《しまだ》町へと向かう。

陸へ降りて露地を歩けば、黒塀の仕《し》舞屋《もたや》が軒を並べていた。

このあたりは妾宅《しょうたく》が多いことで知られている。

三次と卯之吉は袋小路へ踏みこみ、黒塀から一本松が枝を差しだす家のまえで足を止めた。

戸を敲くと、すぐさま、おときが顔を出す。

化粧は濃いめだが、顎の毛がないせいか、すっきりと若々しくみえた。

「おはいりよ、さあ」

袖を引かれた途端、香の匂いがした。

廊下から客間へ導かれると、豪勢な酒膳《しゅぜん》が支度されている。

「おまえさんのおかげで、盆と正月がいっしょにきたようなものだ。さあ、闇樽の連中が地獄へ堕ちたお祝いだよ」

箸《はし》を持った手を止め、慎十郎はかぶりを振った。

「祝えぬ」

「どうしてだい。あ、わかった。茄子島さんのことだろう」

おときの言うとおり、罠に嵌まって捕まった安島八十八のことが頭から離れず、心底から祝えない気分だった。

「残念は残念だけど、あのひとにも一献差しあげようよ」

おときみずから酌をしてくれる。

慎十郎は苦い顔で盃をかたむけた。

「伊丹《いたみ》の下り酒さ。しけた顔はおよし。わるいはなしばかりじゃないんだ」

そう言って、おときは卯之吉に目配せをする。

高利貸しの客だったはずの手代は奥へ引っこみ、女をひとり連れてきた。

白い布で片耳を隠した女は、胸に乳飲み子を抱いている。

「誰だかわかるかい」

「あっ」

「そうだよ。卯之吉に美人局を仕掛けたおつうさ」

卯之吉は騙されたとわかっても、おつうに惚れた気持ちを捨てられなかった。

「不器用な男なのさ。でもね、そのおかげでこんなことになった。ふたりはいっしょになるんだとさ」

「まことか」

「めでたいはなしだろう。しかも、あたしに借金をして、貸本屋をはじめるんだよ。図々しい頼みだけど、聞いてあげることにした。もちろん、利子は取る。あたしも今まで以上に、稼がなくちゃならないからね」

おときは性懲りも無く、高利貸しを再開するのだという。

「まだ運はここにある」

おときは妖《あや》しく微笑み、籐籠を引きよせる。

どうやら、白蛇は生きているらしい。

「待て、蓋を開けるな」

「ふふ、そう言えば、長いものが苦手だったね。こっちなら、どうだい」

命じられた三次が、小判の積まれた三方を持ってくる。

「三十両あるけど、足りなかったら言っとくれ」

「金はいらぬ」

「へっ」

驚いたおときは、慎十郎の顔を穴が開くほどみつめた。

「それなら、何が欲しいんだい。あたしがひと晩つきあってあげようか」

「すまぬが、それもけっこうだ。強いていえば、大福餅が欲しいな」

「ぷっ、色気よりも食い気かい。まったく、あっぱれな御仁だよ」

おときにつられて三次も笑い、卯之吉とおつうも笑った。

慎十郎も嬉しくなり、膳に並んだ料理をばくばく食べはじめる。

別に報酬が欲しいわけではない。純粋に、この世にはびこる悪党どもを根絶やしにしてやりたかった。ただ、そのために刃をふるったことが虚《むな》しい。剣の道を究めたい者として、恥ずべきおこないではなかったのかという気持ちもある。

ひょっとして、進むべき道を見失ってしまったのだろうか。

慎十郎は戸惑いながらも、後悔だけはすまいと、おのれの心に言い聞かせた。

――後悔だけはするな。

大西内蔵助も生きておれば、きっとそう言ってくれたにちがいない。

「これから、どうすんだい。弁天屋の用心棒をつづけてもいいいんだよ」

おときの誘いに乗りかけたが、首を縦に振らずにおいた。

大西内蔵助の仇、升屋伝兵衛はまだ、のうのうと生きている。

顔も知らぬ相手だが、闇樽の連中に命じて罠を張らせたことからしても、そうとうに頭の切れる難敵だった。おときの世話になれば、いずれまた迷惑を掛けるかもしれないと案じたのだ。

事実、慎十郎の動きを見張る怪しい人影があった。

黒羽織の小銀杏髷がひとり、島田町の一角に佇んで様子を窺《うかが》っている。

「けっ、いけすかねえ若造だぜ」

吐きすてた男の名は小泊平内、山狗の綽名《あだな》で呼ばれる狐顔の定町廻りであったが、もちろん、黒塀の内で気づいた者はひとりもいなかった。

慎十郎は酔いがまわってきたのか、おときの爪弾《つまび》く三味線に合わせ、音痴《おんち》な唄声を披露しはじめる。

浮かれ騒ぎは夜までつづき、夜が更けても終わらなかった。

露地裏の吹きだまりに、身を切るような寒風が吹きぬけている。

気づいてみれば、掌《てのひら》ほどもあるような牡丹雪《ぼたんゆき》がふわふわ舞いおりてきた。

「降り仕舞いの雪だね」

しみじみとした口調で、おときが漏らす。

じわりと魔の手が迫りつつあることを、慎十郎は知る由もなかった。

危な絵始末

一

降り仕舞いの雪が消え、涅槃会《ねはんえ》も終わったころ、慎十郎は咲の顔がみたくなって無縁坂下の丹波道場へ足を向けた。

容易なことでは戻らないと覚悟を決めて道場を出たものの、閻樽の件がひと区切りついたこともあり、心の癒やせる場所に舞いもどりたくなったのだ。

落ち葉もみあたらぬというのに、白髪の一徹が竹箒《たけぼうき》で門前を掃《は》いている。

遠くから慎十郎のすがたをみつけ、気軽に手をあげてみせた。

ほっと安堵《あんど》しつつ、怖《お》ず怖ずと近づいていく。

「龍野にでも帰っておったのか」

「いいえ」

「咲が腹を空かせておる。早う朝飯をつくってくれ」

「はい」

「おっと、その前に」

言うが早いか、一徹は竹箒を振りまわす。

——ばしっ。

柄の固い部分で臑《すね》を打たれ、激痛が走った。

「あいかわらず、隙《すき》だらけじゃのう。ぬはは」

矍鑠《かくしゃく》とした老人の背中につづき、門の内へはいる。

すると、表口のところで、咲が仁王立ちしていた。

「不届き者、何をしにまいったのじゃ」

やにわに叱《しか》りつけられ、慎十郎は首を縮める。

赤い椿《つばき》が目にはいった。

「椿を愛《め》でに戻りました」

咄嗟《とっさ》に応じると、咲はぷっと吹きだす。

「花など目にはいらぬであろうに。風流人を気取りおって」

頰《ほお》を染めて微笑《ほほえ》む咲こそが、花なのかもしれない。

感慨に浸っていると、竹箒の柄で背中を押された。

いつのまにか、一徹が後ろにまわっている。

「蜆《しじみ》は買《こ》うてある。早う、味噌汁《みそしる》をつくってくれ」

「かしこまりました」

いつもどおりに迎えられたことが嬉《うれ》しかった。

闇樽のことも、升屋のことも、頭から消えてしまう。

丹波道場で稽古《けいこ》にいそしむ暮らしこそが、求めていたものなのだ。と、みずからに言い聞かせ、はりきって味噌汁作りに取りかかる。

「えい、えい」

咲は庭で素振りをしはじめた。

朝餉《あさげ》のあとで一手指南を頼んでみよう。

春の彼岸《ひがん》も過ぎてしまったが、何事もなかったかのように数日が過ぎた。

慎十郎は襷掛《たすきが》け姿で餅《もち》をつき、近所の連中にも手伝わせて牡丹餅《ぼたもち》をつくった。五目鮨《ごもくずし》や精進揚《しょうじんあ》げを器用にこしらえ、一徹と咲に馳走《ちそう》してやった。

陽気のせいか、町を漫《そぞ》ろに歩く人々も楽しげだ。

神田川の土手には涼風が吹きぬけ、川を覗《のぞ》けば睡蓮《すいれん》が芽を伸ばしている。卵を孕《はら》んだ雌鮒《めすぶな》が悠々と川面《かわも》を泳ぎ、土手には芹《せり》が萌《も》えていた。柳橋から大川をのぞめば、木流しの光景が目に飛びこんでくる。筏師《いかだし》たちは千住のあばで筏に組んだ丸太を、深川の木場まで運んでいくのだ。

渡し船に乗りこむ客たちは、永代寺のご開帳にでも向かうのだろうか。浅草寺や増《ぞう》上寺《じょうじ》などの山門も開かれ、平常は出入りを許されていない高楼《こうろう》へ登ることもできるので、名のある寺社の参道や門前は遊山客《ゆさんきゃく》で溢《あふ》れている。

慎十郎は柳橋に戻って大路をたどり、日本橋へ向かった。

日本橋の欄干にもたれ、天辺《てっぺん》に雪を戴《いただ》いた富士を拝みたくなったのだ。

足を延ばしてみると、同じことを考える山出し者たちで橋のうえは埋めつくされ、立錐《りっすい》の余地もないほどだった。

仕方なく日本橋を渡り、呉服《ごふく》町、数寄屋《すきや》町と過ぎて、檜物町へ向かう。

大西内蔵助の妻子が暮らす『木曾屋』を訪ね、曲げわっぱのひとつも買っていこう。

そうおもって露地を曲がると、板塀のまえに人集《ひとだか》りができていた。

何の気なしに覗いてみれば、錦絵《にしきえ》が貼《は》られている。

描かれているのは、小町娘のようだ。

その顔に、みおぼえがあった。

「あっ」

声をあげると、隣に佇《たたず》む小間物の行商がうなずきかけてくる。

「あんたにもわかるかい。名はおみわ、常磐津《ときわず》のお師匠《ししょう》さんだよ」

まちがいあるまい。しかし、何故《なぜ》、触書《ふれがき》のように貼ってあるのだろうか。

「貼ったのは岸川春清《きしかわはるきよ》、この絵を描《か》いた張本人さ。お師匠さんの父親でもある」

「えっ、まことか」

驚いたのはほかでもない、おみわの兄である卯之吉にとっても父親にあたる人物だからだ。

「おれに言わせりゃ当代随一の絵師だけど、呑《の》んだくれの甲斐性無《かいしょうな》しらしくてね、娘の稼ぎで食いつないでいるんだとか」

春清は、禁制の危な絵を描いた咎《とが》で手鎖《てぐさり》の刑を受けていた。

「五十日だよ。手鎖のなかでは重い罪さ。たぶん、半分は過ぎたころだろう。頭がちょいとおかしくなって、こんなことをしちまったのさ」

行商は露地の向こうに顎《あご》をしゃくった。

「この塀だけじゃない。町内の露地という露地に貼ってあるのさ」

錦絵は五年もまえに描かれたものだという。

「おみわさんが小町娘に選ばれたときに描いたものでね、貼られた娘はさぞかし恥ずかしかろうよ。それにしても、莫迦《ばか》な父親だ。こんなことをしちまったら、死ぬまで手枷《てかせ》が外れなくなっちまうだろうに」

板塀から離れ、ひとつ隣の露地へ向かう。

そこにも人集りができており、さらに隣の露地にも同様の光景が見受けられた。

そして、四つ目の露地を曲がったとき、慎十郎はおもわず物陰に身を隠した。

羽織を小粋に纏《まと》った女が野次馬どものみつめるなか、板塀に貼られた錦絵を剝《は》がそうとしている。

おみわであった。

弁天屋の使いで一度会っているので、みまちがえることはない。

近所の露地を経巡《へめぐ》り、錦絵を一枚ずつ剝がしているのだ。

飽きっぽい野次馬どもは次第に消えていったが、慎十郎は放《ほう》っておけず、おみわの痩《や》せた背中を追いかけた。

最後にたどりついたさきは、朽ちかけた裏長屋だ。

おそらく、父親の春清が暮らす長屋なのであろう。

おみわはどぶ板を踏みしめ、厠《かわや》のそばにある奥の部屋へ消えた。

「うるせえ。いいから、酒持ってこい」

すぐさま、部屋から父親らしき男の怒声が聞こえてくる。

洟垂《はなた》れどもは歓声をあげて散り、井戸端の嬶《かか》ぁは溜息《ためいき》を吐《つ》いた。

「おれは絵師だ。死んでも役人なんぞに魂は渡さねえ」

がちゃんと、瀬戸物の割れる音が響いた。

突如、おみわが飛びだしてくる。

泣きながらどぶ板を踏みしめ、こちらへ駆けてきた。

擦《す》れちがいざま、肩と肩がぶつかりそうになった。

「すみません」

謝って遠ざかるおみわの後ろ姿を、惚《ほう》けた顔でみおくった。

関《かか》わるべきではないとおもいつつも、放っておけなかった。

だいいち、手鎖を嵌めた絵師など目にしたこともない。

慎十郎は誘惑に勝てず、どぶ板を踏みしめた。

図体の大きな浪人者の登場に嬶ぁたちは驚き、黙って道を空けつつも、じろじろ眺めてくる。

気にもかけずに、奥の部屋までやってきた。

開けはなたれた戸の内を覗いてみる。

「まだいやがったか」

やにわに、湯呑《ゆの》みが飛んでくる。

それを掌《てのひら》で受けると、胡麻塩《ごましお》頭の親父《おやじ》が濁《にご》った眸子《まなこ》を向けた。

「誰だ、おめえは」

「毬谷慎十郎と申す」

「役人じゃねえな」

「通りがかりの者だ」

「それなら、頼みがある。こっちに来て、鎖を外してくれ」

「えっ、よいのか」

断ることもできず、草履《ぞうり》を脱いで板の間へあがる。

春清とおぼしき親父は、鎖の嵌まった両手を差しだした。

「ほら、頼む」

「頼むと言われても、鍵《かぎ》がない」

「小柄《こづか》の先でちょこちょこやりゃ、簡単に外れる。さあ、やってくれ」

「ちょこちょこか」

言われたとおり、小柄を握って鍵穴に差しこむ。

すると、春清の言うとおり、簡単に鎖が外れた。

「おっ、すまねえ。ぷふう、久方ぶりだ。おめえさん、酒を持ってねえか」

「ない」

「ほんじゃ、ひとっ走り買ってきてくれ」

勝手に頼み事をしつつ、春清は絵筆を取る。

湯呑みに溜《た》めていた汚い水に筆を入れて掻《か》きまぜ、床に敷いた真新しい紙に絵を描きはじめた。

「くそっ、肝心の丹《に》がねえ」

ぶつくさ文句を言いながら、巧みに大蛸《おおだこ》を描いていく。

さらに、裸の女が蛸に搦《から》めとられる姿態《したい》を描き、くしゃくしゃに紙を丸めて捨てた。

「ちくしょうめ、北斎《ほくさい》の描いた図柄じゃねえか」

吐きすてるや、こちらを睨《にら》む。

「酒は買ってきたのか」

首を横に振ると、頼んだことも忘れたかのように、別の紙に絵を描きはじめる。

どうやら、のめりこむと、ほかのことは考えられなくなるらしい。

正気なのか、酒乱《しゅらん》なのか、それとも、物狂いになってしまったのか。

いずれにしろ、目の離せない男だなと、慎十郎はおもった。

二

翌日、丹波道場へ千葉周作がやってきた。

水戸藩士の左合一馬を連れている。

左合はすでに斉昭公の馬廻《うままわ》り役となり、多忙な日々を送っているらしかった。にもかかわらず、慎十郎の居ないあいだも暇をみては丹波道場を訪れ、咲と竹刀を合わせていたという。

「ともに汗を掻《か》く仲にござる」

左合に爽《さわ》やかな口調で言われ、慎十郎は口惜《くちお》しさを抑えるのに困った。

本心を悟られたくないので、千葉に矛先を向けてみる。

「先生、一手指南をお願いできませぬか」

ぎろりと、睨まれた。

「できぬ相談だな。おぬしはまだ、手合わせできるところまでたどりついておらぬ」

「やってみなければわかりませぬ」

「やらずともわかる。稽古不足で、からだが鈍《なま》っておるようだ。それに、心も乱れておる。というより、心ここにあらずと言うべきか」

鋭く指摘しながら、千葉は咲のほうをみた。

咲は目を逸《そ》らし、左合との稽古にのぞもうとする。

慎十郎はまたもや、居たたまれなくなった。

「ごめん」

言い捨てるや、道場をあとにする。

誰も止めない。

いつもの癇癪《かんしゃく》だとおもっているのだろう。

それがまた、口惜しかった。

千葉周作なんぞ、叩《たた》きのめしてくれるわ。

胸の裡《うち》で叫びつつ、池畔《ちはん》を走って下谷広小路へ向かう。

「おら、退《ど》け退け」

大声を張りあげ、往来を行き交う人々を押しのけ、息を弾ませてひた走った。

神田川を越え、東海道を走りぬけ、日本橋を渡って京橋のほうへ向かう。

途中の檜物町で右手に折れ、露地を曲がって裏長屋へ行きついた。

木戸門の向こうには、手鎖を嵌めた絵師がいる。

躊躇《ためら》いもせずにどぶ板を踏み、奥へ向かった。

臭い部屋を覗いてみると、春清は鼾《いびき》を掻《か》いている。

手鎖を嵌めたまま壁にもたれ、器用に寝ているのだ。

起こさぬように踵《きびす》を返しかけると、鼾が止まった。

「またおめえか。こっちに来て、ちょちょいと手鎖を外してくれ」

言われたとおりに小柄を抜き、鍵穴に突っこむと、鎖は簡単に外れた。

「やりゃできんじゃねえか」

春清は憎まれ口を叩き、またもや絵筆を取った。

そこへ、招かれざる客がやってくる。

「ごめんよ、邪魔するぜ」

小《こ》銀杏髷《いちょうまげ》の同心だ。

春清は顔色を変え、さっと鎖を嵌めたふりをする。

狐《きつね》顔の同心は慎十郎をみつけ、鋭い眼光を放った。

「おめえさん、みたことがある顔だな」

「そっちもな」

「ほう、おれのことを知ってんのか」

「八丁堀の極楽橋で声を掛けられた。無宿なら人足寄場《にんそくよせば》に送ると脅されたが、与力《よりき》の大西どのに救われた。名もおぼえておる。小泊平内、山狗の異名で呼ばれる北町奉行所の定町廻《じょうまちまわ》りだ」

「こいつは驚いた。おれさまのことを、そこまで知っていたとはな」

「おもいだしただけのはなしさ」

「で、手鎖の絵師に何の用だ。まさか、鎖を外す手伝いをしにきたんじゃあるめえな。そんなことをしたら、人足寄場送り程度じゃ済まなくなるぜ」

「外しておらぬさ」

「ふうん、それじゃ調べてやろうか」

小泊に睨まれ、春清は額に汗を滲《にじ》ませた。

「おやっさん、どうしたい。冷や汗でも搔いてんのか。へへ、まあいいや。御赦免まであと二十日だ。鎖を外したら、また五十日延びるだけのはなしさ」

「勘弁してくれ」

「危な絵なんぞ描くからだぜ。ま、おめえみてえな老《お》い耄《ぼ》れが狂おうが死のうが、おれはどうでもいいがな。ふへへ」

　下卑た笑いを残し、小泊は去っていった。

「くそったれめ」

　春清は毒づき、隠していた徳利を取りだして呑みだす。

「おい、いい加減にしておけ」

　たしなめると、怒りだした。

「うるせえ。てめえみてえな若造の指図は受けねえぞ。おれはな、世間のやつらがあっと驚くような絵が描きてえんだ。くそっ、手鎖になったせいで、板元の連中はみんな逃げちまった。いいときは師匠だの先生だのと持ちあげやがって、落ち目になった途端に芥《ごみ》あつかいだ。でもな、世の中ってのは、そういうもんだ。板元の連中を振りむかせるにゃ、並みの絵師が考えつかねえような絵を描くしかねえ。くそっ、おれにできるのは絵筆を握って描くことだけだ。それっきゃねえなら、描くしかねえだろうが」

　呑んだくれの戯言《ざれごと》が、胸にずんずん響いてくる。

　節くれだった十本の指が、絵師の執念を如実《にょじつ》に物語っていた。

「くそっ、顔料が足りねえ」

「何処《どこ》にある。買ってきてやろうか」

「莫迦《ばか》野郎。顔料ってのはな、目玉が飛びでるほど値が張る代物なんだ。満足できるだけ集めるにゃ、板元から金を借りるっきゃねえ」

「なら、あきらめろ。今ある道具で描けばよい」

「言われなくてもそうするよ。ところで、おめえは誰なんだ」

あらためて質《ただ》され、慎十郎は面食らった。

「毬谷慎十郎だ。卯之吉の知りあいでな」

途端に、春清は苦い顔をつくる。

「ふん、あの野郎、絵筆を捨てやがって」

「卯之吉も絵師だったのか」

「三つのころから描かせてきた」

画才はあったが、ひとつのことに集中できぬ性分だったらしい。

「そんなやつは、絵師に向いてねえ。やめちまえと叱ったら、ほんとうにやめちまいやがった。家をおん出て、もう何年にもなる。板元に奉公しているってはなしは噂《うわさ》で聞いたが、今は何処で何をしているのかもわからねえ」

春清は淋《さび》しげに言い、徳利から直に酒を流しこむ。

ひょっとすると、家を出た息子のせいで酒に溺れてしまったのだろうか。

「酒は裏切らねえ。こいつが無くなったときが、たぶん、死ぬときだろうな」

慎十郎は教えてやった。

「卯之吉は立派にやっておるぞ。地道にはたらき、女房と子供を養っている」

「ほうかい。へえ、あの野郎がな」

春清は洟を啜《すす》り、遠い目をしてみせた。

「で、おめえはそれを伝えにきたのか」

「いいや、そういうわけではない」

「じゃあ何なんだ。まさか、おみわにちょっかい出す気じゃねえだろうな」

「そんな気はない。安心しろ」

「信用ならねえぞ。おみわを狙《ねら》っている野郎は、星の数ほどいるからな」

「そうなのか」

「あたりめえだ。小町娘を舐《な》めんじゃねえ」

春清はどすの利いた声で言い、ぼそぼそとつづけた。

「三日前、女衒《ぜげん》のやつが訪ねてきた。娘を廓《くるわ》に売ったら、五十両にはなると言いやがった。五十両ありゃ、おめえ、酒も顔料もごっそり買える」

「まさか」

「売るわけがあるめえ。おみわはたったひとりの娘だ。目に入れても痛くねえ娘を売る親が何処にある」

「それを聞いて安堵した」

「ふん、おれさまを莫迦にするんじゃねえぞ。まあいいや。おめえも一杯やるか」

「遠慮しておく」

　慎十郎は腰を持ちあげた。

「ちと、長居したようだ」

「帰《け》えるのか。それなら、こいつを頼む」

　春清は両腕を差しだしてくる。

「自分じゃ嵌められねえのさ」

「存外に律儀だな」

　手鎖を嵌めてやると、ちょうどそこへ、おみわがやってきた。

　慎十郎を見上げ、敷居のところで棒のように佇んでいる。

「あなたは」

「おっと誤解いたすな。弁天屋の用心棒はもうやめた」

「……そ、そうでしたか。でも、どうしてここへ」

「自分でもわからぬ。父上のことが捨ておけなくなってな」

「父に何かなさったのですか」

「いや、その」

こたえあぐねていると、春清が口を挟んだ。

「おみわ、そのお侍がな、手鎖を外してくださるのだ」

「えっ、お役人にみつかったら、たいへんなことになりますよ」

「よいのだ。わしのことは心配せずともよい」

ぶっきらぼうに応じると、おみわは涙目でかぶりを振った。

「困ります。あと二十日、何とか我慢すれば、手鎖は外れるのです。それまでは無事に過ごさせてください」

「承知した。余計な心配を掛けてすまなんだな」

慎十郎は頭を掻いた。

「ともあれ、お暇《いとま》しよう」

部屋を抜けだそうとして、おみわと擦れちがう。

伽羅《きやら》の香りに鼻を擽《くすぐ》られ、くらりときてしまった。

三

満開の梅が春雨に濡《ぬ》れている。

丹波道場に戻って数日後、慎十郎の耳に妙《みょう》な噂が聞こえてきた。

手鎖になった絵師の娘が借金の質草《カタ》に取られ、吉原へ売られたというのである。

真偽を確かめたいとおもっていたところへ、卯之吉があらわれた。

道場に差し招いて問うと、噂は真実だと言う。

「親父の莫迦が酔わされ、女衒にまんまと嵌められたんです」

女衒は春清に酒を呑ませて気持ちよくさせたうえで、おみわのはなしを持ちだした。

そのとき、春清はべろべろに酔っていたらしく、正気に戻ってみると、上がり框《かまち》に小判が三十枚積まれていた。手鎖を嵌めたまま外に飛びだし、大家に「騙《だま》された」と必死に訴えたのだという。

「後の祭りでございます。妹は見知らぬ男たちに連れていかれました」

「何処に売られたか、わかるか」

「調べてみました。吉原の京町《きょうまち》二丁目にある中見世で、宇八郎《うはちろう》なる忘八《ぼうはち》の営む六文字《ろくもんじ》屋《や》です」

「よし、今からまいろう」

「もう、どうすることもできません。おみわは売られたのでございますよ」

「売られたら終わりなのか」

「それが廓の定式《さだめしき》にございます」

「おぬし、それでも血を分けた兄か。苦界に堕《お》ちた妹を、どうして救おうとせぬ」

「救いたい気持ちは山々ですが、どうしてよいものやら」

途方に暮れる卯之吉を、慎十郎は睨みつけた。

「どうして、ここに来た」

「毬谷さまがおとっつぁんの面倒をみてくれたと聞いたものですから、一大事をお伝えせねばと」

「弁天屋のおときどのは、知っておるのか」

「おはなしいたしました。そうしたら、毬谷さまなら何とかしてくれるかもと仰《おつしや》って」

「それを早く言え」

ふたりの会話を、咲は遠くから聞くともなしに聞いていた。

一徹は庭で草を毟《むし》ったり、門前を箒で掃いたりしている。

「咲どの、ちと行ってまいります」

慎十郎は、大声を張りあげた。

「行くって、何処へ」

と、咲は強い口調で質してしまう。

「まさか、吉原へ行かれるのではありませんよね」

釘《くぎ》を刺されて、慎十郎は黙った。

おみわを救うためには、廓の忘八と談判におよばねばならない。

「参るかもしれませぬ」

「かもとはどういうことです。はっきり参るとみとめなさい」

「参ります。ただし、遊びにいくわけではない」

「小耳に挟みました。売られたおなごを、取りもどしにいくとか」

「おひとがわるい。わかっておいででしたか」

「おみわどのとは、どういうお方なのですか」

「ここにおる卯之吉の妹にござる」

「いったい、どういう関わりなのですか」

「袖擦《そです》りあった縁とでも申しましょうか」

「お茶を濁すのですね」

「いいえ、そういうわけでは」

「これ以上はお聞きしませぬ。お好きになしなされ」

「突きはなされて腹が立ったものの、今は何をさておいても、おみわを救いだすことが先決だ。

道場を飛びだしたその足で、卯之吉とともに島田町の弁天屋へ向かった。

すると、おときが両手を広げて出迎えてくれる。

「来てくれるとおもっていたよ。懐かしいね、達者だったかい」

先日、馳走になってから、それほど日は経《た》っていない。

にもかかわらず、おときは一年ぶりで再会した知己のような歓迎ぶりをしめす。

「でもね、再会を懐かしんでもいられない。聞いただろう。卯之吉の妹が廓へ売られちまったんだよ」

「それだ。忘八と談判せねばならぬ。何か良い知恵はないか」

「ひとつだけあるよ」

あっさり言われ、身を乗りだす。

「おまえさんが身請《みう》けすりゃいいのさ」

「えっ、どういうことだ」

「売られたばかりだから、水揚げも済ませていないだろうし、身請けの樽代《たる》もそれほど高くはないよ」

「どれくらいなのだ」

「たぶん、三百両程度だとおもうけどね」

「……さ、三百両だと」

三十両が数日で三百両に化けたのだ。

「廓ってのは、そういうところなんだよ。おまえさんが覚悟を決めるってなら、あたしが貸してあげてもいい」

「三百両の身請け代をか」

「利息は安くしとくよ」

卯之吉は後ろに控え、黙《だん》まりを決めこんでいる。

何やら騙されにきたようであったが、慎十郎は首肯《しゅこう》した。

これも勢い、乗りかかった舟というやつだ。

「わかった。金を借りよう」

「さすが、毬谷慎十郎。俠気《きょうき》は江戸一番だねえ。決まったら、善は急げだ。そこの舟寄せに猪牙《ちょき》を呼んであるからね。今から行けば、清掻《すががき》までには間にあうよ」

尻《しり》を叩かれるように送りだされ、卯之吉とともに舟寄せに向かった。

舟寄せには猪牙が待っており、老船頭が暢気《のんき》に煙管《きせる》を喫《ふ》かしている。

釈然としない気持ちを抱えながらも、慎十郎は船上の人となった。

「親爺《おやじ》さん、ひとつ頼む」

「あいよ」

猪牙は油掘を抜けて大川へ躍りだし、浅草山谷《さんや》堀《ぼり》までの川筋を軽快に漕《こ》ぎすすんでいった。

陸にあがってからは、遠慮して喋《しゃべ》りかけてもこない卯之吉をしたがえ、日本堤《にほんづつみ》を飛ぶように進む。左右には田畑がひろがり、土手八丁の彼方《かなた》からは清掻の音色が聞こえてきた。

見返り柳を左手に曲がれば緩やかな三曲がりの衣紋坂《えもんざか》、坂を下ったさきには板葺《いたぶ》き屋根つきの大きな冠木門《かぶきもん》が聳《そび》えている。

大門の向こうには「遊女三千」とも言われる極楽が待っていた。

慎十郎は初めてではないが、さすがに大門を潜《くぐ》るときは胸の高鳴りを抑えきれない。

卯之吉も浮ついた心地のようで、きょろきょろ左右に目を配っている。

南北百三十五間におよぶ仲《なか》の町《ちょう》の中央には、紅白の梅が植えられていた。

左右に軒を連ねた引手茶屋の縁台には、錦繍《きんしゅう》の仕掛けを纏った花魁《おいらん》が座っている。

伊達《だて》兵庫《ひょうご》に結った黒髪に鼈甲《べっこう》の櫛笄《くしこうがい》を艶《あで》やかに挿《さ》し、手にした朱羅宇《しゅらう》の煙管からは紫煙《しえん》がくねくねと立ちのぼっていた。

うっかり近づこうとする卯之吉の襟《えり》を掴《つか》み、慎十郎はぐいと引きよせた。

正面右手は江戸《えど》町一丁目、左手は同二丁目、そのさきは角《すみ》町、京町一丁目、同二丁目とつづく。極楽浄土の五丁町《ごちょう》を眺めれば、軒先に連なる花色暖簾《のれん》と提灯《ちょうちん》で目がくらみそうになった。

慎十郎はふたつさきの四つ辻《つじ》を左手に曲がり、羅生門河岸《らしょうもんがし》のほうへ向かった。

紅殻格子《べんがらごうし》の内を覗けば、張見世《はりみせ》の遊女たちが朱羅宇の煙管を燻《くゆ》らせている。

入口で番をする妓夫《ぎゆう》に大小を預け、六文字屋の暖簾を振りわけた。

八間《はちけん》の吊《つ》るされた大広間があらわれ、賑《にぎ》やかな嬌声《きょうせい》も聞こえてくる。

土間には米俵が堆《うずたか》く積みあげられ、酒樽や大竈《おおかまど》が所狭しと並んでいた。大広間は何枚もの屏風《びょうぶ》で仕切られ、新造《しんぞう》たちが廻し部屋として使っている。華やかな仕掛けを纏った新造や茶を運ぶ可憐《かれん》な禿《かむろ》たち、大階段のほうには鼻の下を伸ばした遊客や三味線《しゃみせん》を担いだ箱屋のすがたも見受けられた。

慎十郎の行き先は、そちらではない。

土間の左手隅に、障子《しょうじ》屛風に囲まれた内証が控えている。

牛のようにのっそりと、そちらへ歩を進めていった。

内証には金精進を祀《まつ》る縁起棚や帳場簞笥《たんす》があり、客取表や大福帳《だいふくちょう》が壁にぶらさがっている。孝、悌《てい》、忠、義、信、礼、仁、智、八つの道徳を忘れた楼主の名は、宇八郎というらしい。

強面《こわもて》の肥えた五十男が座布団のうえに横たわり、禿に腰を揉《も》ませていた。

「忘八か」

慎十郎はのっけから、喧嘩腰《けんかごし》で問いかける。

宇八郎は欠伸《あくび》を嚙《か》みころし、眠そうな眸子を開いた。

「おめえさんは誰だい」

「毬谷慎十郎と申す。用件を言おう。おみわというおなごを身請けしたい」

「ほう、身請けか」

宇八郎はむっくり起きあがり、禿を内証の外へ追いやる。

「おみわは年増《としま》だが、京橋界隈《かいわい》で小町娘と騒がれたほどの縹緻良《きりょうよ》しだ。水揚げをのぞむお大尽も十指に余るほどいる」

「水揚げは、まだなのだな」

「ああ、そうだ。誰が一番高く金を積むか、様子を窺《うかが》っているところさ。でもな、身請けとなりゃはなしは別だ。はっきり言おう。明日までに六百両払うってなら、手を打ってもいい」

「……ろ、六百両」

「鐚《びた》一文もまけねえぜ」

おときの見込んだ額の倍を吹っかけられた。

怒りで拳《こぶし》が震え、額から汗が滲んでくる。

後ろから、卯之吉が袖を引いた。

「毬谷さま、あきらめましょう」

低声《こごえ》で囁《ささや》いてくる。

慎十郎は喉《のど》の渇きをおぼえつつも、声を絞りだした。

「わかった。六百両だな」

「ほへえ、払うのかい」

「払う」

「嘘《うそ》じゃあるめえな」

「武士に二言はない。明日また来る」

「よっしゃ、火灯《ひとも》し頃《ごろ》まで待ってやらあ」

宇八郎は豪快に言いはなち、嘲《あざけ》るように嗤《わら》いあげる。

慎十郎は堂々と胸を張り、華やかな見世をあとにした。

往来に逃れるや、骨を抜かれて海月《くらげ》のようになってしまう。

「武士に二言はないだなんて、あんなことまで言っちまって、ほんとうに大丈夫なんですか」

卯之吉が不安げに聞いてくる。

大丈夫なはずがあるかと怒鳴りつけてやりたいが、そうする気力も失《う》せていた。

うなだれて大門を潜り、鉛のような足を引きずりながら衣紋坂を上っていく。

何でおみわを身請けせねばならぬのか、自分でもよくわからない。

長屋で面と向かったとき、気持ちを奪われてしまったのだろうか。

それすらも判然とせぬものの、是が非でも苦界から救わねばという使命だけは感じている。

とりあえず、おときからあと三百両を引きださねばなるまい。

それをおもうと、慎十郎はげんなりしてしまった。

四

おときは条件を呑んだ。

俠気からだと言ったが、慎十郎をそこまで見込んでいるということだ。

翌夕、大金を携えて六文字屋を訪ねると、二階の奥まった部屋へ案内された。

そこには忘八のほかに目つきの鋭い手下が何人かおり、手練《てだれ》とおぼしき用心棒もひと り控えていた。

「こちらは影浦謙吉《かげうらけんきち》先生、貫心《かんしん》流を修めた凄腕《すごうで》だぜ」

忘八の宇八郎は、眉根《まゆね》をぐっと寄せる。

「それで、金は持ってきたのかい」

「ああ」

慎十郎は包みから、無造作に大金を出してみせる。

さっそく、手下が近づいてきた。

「待て。おみわどのをここに連れてこい」

「ふふ、あんた、毬谷慎十郎といったな。若えのに、てえしたもんだ」

「余計な喋りはいらぬ」

「わかったよ」

手下に顎をしゃくると、しばらくして、おみわが連れてこられた。

錦繍に彩られた仕着せの襟から、赤い襦袢《じゅばん》が覗いている。

首まで白粉《おしろい》を塗り、唇を真っ赤に染めた艶姿《あですがた》は、錦絵に描かれた美人画そのものだ。

「どうしたい、おみわは今からおめえさんのもんだ。樽代を貰《もら》えりゃ、ここに置いておく義理はねえ。でもな、年季を積んでねえから、派手な見送りはできねえぜ。ほかの娘の手前もある。廓ってのは妬《ねた》みと嫉《そね》みの渦巻《うずま》くところだからな、裏口から目立たねえように出ていってもらう」

「願ってもないはなしだ」

おみわは狐につままれたような顔をしている。

無理もなかろう。慎十郎とは二度しか顔を合わせていないのだ。

金を数えた手下が目配せをすると、宇八郎は猫撫《ねこな》で声でおみわを諭《さと》した。

「いいか、今日からはこの毬谷慎十郎さまが、おめえのご主人だ。三つ指をついて、お世話になりますと言え」

「はい」

おみわは三つ指をつき、声を震わせながら涙を零《こぼ》す。

「そいつは嬉し涙か。それとも、悔し涙か。どっちでもいいが、二度と大門のこっちにゃ来ねえことだ。呑んだくれの親父とも縁を切るんだな」

忘八はきっぱり言い、やおら尻を持ちあげる。

これでお開きということらしい。

とんだ散財をさせられた。

おみわは衝立《ついたて》の向こうに隠れ、仕掛けから渋い色地の小紋に着替える。

慎十郎は立ちあがり、着替えを済ませたおみわを連れて部屋を出た。

大階段を降り、勝手口のほうへまわる。

外へ出ると、卯之吉が待っていた。

「兄さん」

おみわは感極まり、卯之吉の胸に飛びこむ。

しばらくふたりは抱きあい、泣きつづけていた。

所在なく佇む慎十郎の背中へ、痩せて背の高い人影が近づいてくる。

影浦謙吉という用心棒であった。

「毬谷と申したな」

「ああ」

「おぬし、高利貸しから六百両を借りたらしいな」

「何で知ってる」

「蛇の道はへびというやつだ。それで、返すあてはあるのか」

「ふん、余計なお世話だ」

「困っておるなら、相談に乗ってもよいぞ。おぬしは度胸がある。剣もかなり使えるとみた。おぬしにその気があるなら、大金を稼ぐ口がある」

胡散臭《うさんくさ》いはなしだが、背に腹は代えられない。

慎十郎は迷った。

卯之吉とおみわが、泣き腫《は》らした目でこちらをみつめている。

「おぬしら、さきに帰っておれ」

手を振ると、卯之吉が口を尖《とが》らせた。

「そんな、困ります」

「いいから、言うとおりにしろ」

「はあ」

卯之吉に促され、おみわは後ろ髪を引かれるように去っていく。

「ふふ、人助けとは金が掛かるものよな」

影浦は皮肉交じりに笑ったが、少しは同情しているようだった。

「すぐにこたえを出さずともよい。一日頭を冷やして考えてみろ。六百両はそう簡単に返せる金ではないぞ。おぬしは今のままだと、女ひとりのせいで一生を棒に振らねばならなくなる。そこのところを、ようく考えてみることだ」

「考えずともよい」

「ん、どうした」

慎十郎は、影浦の目をまっすぐにみた。

「盗みと人斬《ひとき》りはやらぬ。それでも雇ってもらえるなら、はなしに乗ろう」

「決まりだ。今宵から、江戸町一丁目にある大見世の用心棒になってもらう」

「おぬしは」

「わしはもともと、そっちの用心棒でな。六文字屋のような中見世では雇えぬほどの手当を貰っておる。今日は宇八郎に箔《はく》を付けてほしいと頼まれてな、仕方なく顔を出したというわけさ」

「なるほど」

大見世の屋号は鶴屋《つるや》、忘八は喜左衛門《きざえもん》というらしい。

「五丁町の肝煎《きもい》りに推されるほどの大物さ」

「ふうん」

「当面は住みこみになる。大門の外には出られぬが、大丈夫か」

と聞かれ、慎十郎はうなずいた。

五

住みこみの用心棒になって二日のあいだは、何事もなく過ぎていった。

忘八との面通しもなく、蒲団《ふとん》部屋のような薄汚い部屋をあてがわれ、時折、二階廻しの若い衆《し》が酒膳《しゅぜん》を運んでくる。影浦もあまりすがたをみせず、一日が長く感じられて仕方なかった。

三日目の夕方、二階の廊下を所在なく歩いていると、清掻の音色が景気よく聞こえてきた。

大広間には、すでに客らしき人影もある。

顔馴染《かおなじ》みになった遣り手《やりて》に尋ねると、日本橋通油町に店を持つ四六屋太郎左衛門《しろくやたろうざえもん》だと教えてくれた。

岸川春清の錦絵を世に出した板元で、卯之吉も雇われていたさきだ。

大いに興味をそそられ、大広間をそれとなく窺った。

小太りの四六屋は、若い絵師をひとり連れている。

「菊麿《きくまろ》だよ」

と、遣り手が囁いた。

春清の弟子で、売出中の絵師だという。

「お大尽のまえで絵を描かせるのさ。月に一度のお楽しみってやつでね、客は絵師の描いた絵に大枚を叩《はた》く」

座敷遊びの趣向として、秘《ひそ》かに流行《はや》っているらしい。

「花魁があられもないすがたになり、大蛸に絡まれたりするんだよ」

「それは北斎であろう」

おもわず、春清と同じ台詞《せりふ》を口にする。

いずれにしろ、町奉行所にみつかれば罪に問われるようなことが、平然とおこなわれているのだ。

「今宵の客は大金持ちらしいよ」

遣り手も「大金持ち」ということしか知らされていない。

大広間には板元と絵師以外の影はなく、酒膳だけが並べられていた。

やがて、表口が賑やかになった。

引手茶屋から花魁がやってきたのだ。

橋立《はしだて》という花魁は、鶴屋の御職《おしょく》だった。

一度座敷に呼ぶだけで、五十両は飛んでいく。

遣り手の言う「大金持ち」が、橋立の手を引いてきた。

慎十郎は花魁のすがたを目におさめようと、わざわざ一階へ下りていく。

お大尽は恰幅《かっぷく》の良い人物で、艶《つや》めいた福々しい顔は恵比須《えびす》か大黒《だいこく》のようだ。

「あれが京橋の升屋伝兵衛さまだよ」

新造が禿に耳打ちしている。

それを小耳に挟んだ途端、升屋から目が離せなくなった。

誰あろう、町会所掛かりの与力であった大西内蔵助が七分金積立を流用しているのではないかと疑った町名主にほかならない。

上方から戻ってきたのだとすれば、放っておくわけにはいかなかった。

升屋は橋立を連れて、大階段を上っていった。

大広間では、忘八と四六屋が満面の笑みで出迎える。

酒宴がはじまると、慎十郎はいったん部屋へ戻った。

秘密めいた趣向がおこなわれたかどうかもわからない。

升屋にどうやって近づくか、その算段を練りつづけた。

三味線の音色は夜更けまで止《や》まず、亥《い》ノ刻《こく》（午後十時頃）近くなって、ようやく静かになった。

影浦があらわれたのは、亥ノ刻を小半刻《こはんとき》ほど過ぎたころだ。

「仕事だぞ」

慎十郎は、弾《はじ》かれたように立ちあがる。

何をするのか、聞きそびれた。

影浦が殺気を纏っていたからだ。

人気の無い仲の町を歩き、南端の水道尻《すいどうじり》まで進んだ。

暗がりの一隅に大八車が止まっており、用心棒らしき浪人ふたりと破落戸《ごろつき》風の若い衆五人で番をしている。

大八車は布で覆われ、荷の中味はわからない。

「防《ふせ》ぎの頭数は揃《そろ》った。忘八はまだか」

影浦の問いに、若い衆のひとりが応じた。

「おみえになりやした」

辻陰《つじかげ》から、大柄な馬面の五十男があらわれる。

顔は知っていた。

雇い主の鶴屋喜左衛門だ。

「影浦先生、そろりと参《め》えりやしょうか」

「よし、出立だ」

影浦の指図で大八車が軋《きし》みだす。

水道尻のさきは行き止まりと聞いていたのに、裏へ抜けられる出入口があった。

大八車ともども黒塀の向こうへ抜けると、どぶ川を渡るための跳ね橋まで見受けられる。

木橋を渡ったさきには、漆黒の闇《やみ》がつづいていた。

星々のわずかな光を頼りに、田圃《たんぼ》道を進んでいった。

誰ひとり喋りもせず、車の軋む音しか聞こえてこない。

さきへ進むにつれて、不安は募った。

――ぎっ。

大八車が止まる。

一本道のさきに、篝火《かがりび》が燃えていた。

物々しい装束《しょうぞく》の連中が待ちかまえている。

陣笠《じんがさ》をかぶった役人が、偉そうに近づいてきた。

「北町奉行所与力、吹石兵庫《ふきいしひょうご》である。鶴屋喜左衛門、それにあるは、月の上納金にまちがいあるまいな」

「へえ、まちがいござりませぬ」

捕り方の連中も左右に随行し、大八車を守るように進む。

積まれた荷は「日千両」と言われる廓の売上の一部で、町奉行所へ納めるべき上納金であった。

鶴屋は吉原の楼主たちを代表し、上納金を運ぶ重要な役目を託されているのだ。

それにしても、あまりに秘密めいている。

上納金がこのようなかたちで運ばれているとは想像もつかなかった。

やがて、一行は田圃道を抜け、寺町の一角へはいっていく。

廓側だけで随行する者の数は十人、捕り方も同じ程度の数はいるので、総勢でかなりの人数にのぼっている。

ところが、道幅が狭くなるにつれ、列は縦に長く延びていった。

「襲われるとすれば、このあたりだな」

すぐ前を進む影浦がつぶやく。

と、そのとき、ひゅんと矢音が聞こえた。

「うっ」

若い衆のひとりが斃《たお》れる。

みれば、額のまんなかに矢が刺さっていた。

「賊《ぞく》だ。荷を守れ」

影浦が叫んだ。

——ひゅん、ひゅん。

矢音がつづき、短い悲鳴や呻《うめ》きが錯綜《さくそう》する。

じっと屈《かが》んでいると、道の前後からひたひた跫音《あしおと》が近づいてきた。

荷の脇《わき》から顔を出せば、頭巾《ずきん》をかぶった連中が抜刀しながら迫ってくる。

「ふわああ」

前面の捕り方数人が、いとも簡単に斬られた。

後ろの浪人たちは刀を抜き、鍔迫《つばぜ》りあいに持ちこむ。

賊は少なくとも、五、六人はいた。

いずれも手練で、人斬りも厭《いと》わぬ連中だ。

襲ってくる火の粉は振りはらわねばならない。

慎十郎も白刃を抜きはなった。

いざとなれば、賊を斬らねばならぬと、覚悟を決める。

頼りになる影浦が、手強いとおもわれる相手に誘いだされた。

後ろの用心棒はたてつづけに斬られ、地べたに転がってしまう。

「何をしておる。しっかり守らぬか」

与力の吹石は長十手を振って捕り方を鼓舞《こぶ》したが、まともに闘おうとする者はひとりもいない。

鶴屋喜左衛門は地べたに這《は》いつくばり、両手で頭を抱えていた。

「死ね」

頭巾のひとりが、正面から斬りつけてくる。

慎十郎は受けずに擦れちがいざま、脇胴をきれいに抜いた。

「ぐへっ」

敵のひとりが地べたに斃れる。

「できるぞ。そやつはできるぞ」

別の頭巾が怒鳴った。

「荷を奪え、早く奪え」

ほかの連中は大八車に取りついた。

そうはさせじと、慎十郎が後ろから迫る。

振りむいた相手を、一刀で袈裟《けさ》懸《が》けに斬った。

間髪を容《い》れず、三人目を水平斬りで仕留め、四人目は頭蓋《ずがい》を両断する。

――ひゅん。

正面から、矢が飛んできた。

半弓で至近から放たれた矢を、慎十郎は面前で叩きおとす。

「退け、退け」

弓を放った首領格が叫んだ。

生きのこった敵は三人、いずれもこちらに背を向ける。

総勢七人のうちの四人を、慎十郎はひとりで始末した。

「おぬし、生きておったのか」

影浦が驚いたように発し、暗闇から抜けだしてくる。

血曇りのない刀を鞘《さや》に納め、渋い顔を向けてきた。

「おぬしの力量が、これほどのものであったとはな」

喜左衛門も狼狽《うろた》えた様子で立ちあがる。

すかさず、陣笠の与力が嚙《か》みついた。

「鶴屋、どうなっておる」

「へえ、面目次第もござりません」

賊から荷は守られたのに、ふたりはわけのわからぬやりとりをしている。

影浦がさらに身を寄せ、慎十郎に囁きかけてきた。

「おぬし、今度は襲う側にまわってみぬか」

「えっ」

益々、わけがわからなくなる。

襲撃は狂言だったとでもいうのか。

だとすれば、容認するわけにはいかない。

致し方なかったとはいえ、四人も斬ってしまったのだ。

「戯《ざ》れてみただけさ。気にするな。おぬしはようやった」

影浦に褒《ほ》められても、疑念は残ったままだ。

ともあれ、荷を無事に届けねばならぬので、慎十郎は若い衆が大八車を押すのを手伝った。

六

ひょっとしたら、斬られる役まわりだったのかもしれない。

疑念は解けぬまま、数日が経った。

暦《こよみ》は替わり、仲の町の植込みは梅から桃に植えかえられた。

桃の節句は吉原最大の紋日《もんび》でもあり、弥生《やよい》のはじめは廓内に満開の花が咲いたようになる。

鶴屋を去らぬ理由は、上納金を守った手間賃で三十両を手にしたことだ。

「一度の防でこれだけ貰えるのだ。高利貸しから借りた金を返すのも夢ではないぞ」

影浦にそう言われると、用心棒を辞めたくても辞められなくなる。

所在なく廊下を彷徨《さまよ》っていると、遣り手婆《ばば》ぁが色目を使ってきた。

「ちょいと色男の旦那《だんな》、暇を持てあましているのかい」

「まあな」

「先だって、御職の座敷で菊麿が描いた危な絵、いくらで売れたとおもう」

「さあ」

「百両の値がついたらしいよ」

「まことか」

「買った客は京橋の町名主らしくてね、この不景気で何処にそんなお金があるのか不思議でたまらないよ」

「まったくだ」

苦々しく応じ、背中を向けようとする。

遣り手婆ぁのはなしは、まだ終わっていなかった。

「菊麿って絵師は帰りの夜道で辻強盗に襲われ、利き腕を折られたらしいのさ。おかげで、絵の値が倍に吊《つ》りあがったとか」

胡散臭いはなしだ。真実ならば仕組まれた公算が大きいと、慎十郎はおもった。

もちろん、仕組んだのは絵を買った升屋である。最初から値を吊りあげて転売する腹だったのかもしれない。相場を操ることに長けた升屋なら、やりそうなことだ。

嫌な気分で蒲団部屋に戻った。

賄いの消炭《けしずみ》が運んできた昼餉を食べていると、卯之吉がひょっこり顔をみせた。

「毬谷さま、お探ししましたよ。あれから、ずっと廓におられたそうで。こちらはそれほど居心地がようございますか」

借金を返すために仕方なく居座っているのだと言いたかったが、恩に着せたくもないので曖昧《あいまい》な返事をしておく。

「おみわのことは、御礼のしようもございません。わたしら兄妹にとって、毬谷さまは生き仏であられます。弁天屋のおときさんも、毬谷さまこそ男のなかの男、武士のなかの武士だと仰いました」

どうせ、葱《ねぎ》を背負った鴨《かも》だと、胸の裡では笑っているのだろう。

「金はきちんと返す。そう伝えてくれ」

「はい、まちがいなく」

卯之吉は潑剌《はつらつ》と応じたそばから、口をへの字に曲げた。

「それで、まことに言いにくいことなのですが」

「どうしたのだ」

「じつは、おみわのことにございます」

「気にせずともよい。身請けは方便ゆえ、わしとひとつ屋根の下で暮らそうなどと考えずともよいのだ」

「それを聞いて、安堵いたしました。じつは、おみわには好いた相手がおりまして」

「えっ」

初耳だけに驚いた。

「わたしも、本人に聞いてびっくりいたしました。しかも、相手は幼馴染《おさななじ》みの絵師で、菊磨と申します」

「何だと」

「先日、四六屋のご主人に連れられて、こちらの鶴屋さんへ絵を描きに参ったとか。じつは、その帰り道、辻強盗に遭いましてね。利き腕をぽきりと、粗朶《そだ》のように折られたのでございます」

「粗朶のようにか」

「はい」

遣り手婆ぁに聞いたはなしは、どうやら、真実だったらしい。

慎十郎の気持ちなど顧みず、卯之吉は淡々とつづけた。

「当面は絵筆を持つこともかないません。というより、菊磨は危な絵なんぞを描かされるくらいなら、一生絵筆を持たぬと言っております。日銭を稼げる職にでも就き、おみわを幸せにしてやりたいなどと、殊勝なことを申しまして。まあしかし、義弟になるかもしれぬ者のことゆえ、わたしも心配でなりません」

腹が立ってきたものの、身請けは方便だと見得《みえ》を切った以上、口を挟む気はない。

「本人同士は地道に暮らしていければそれでよいと申しておりますので、兄といたしましては、そっとしておこうかと」

「勝手にしろ」

と、慎十郎は言いはなった。

懐中に手を入れ、布に包んだ小判を取りだす。

「三十両ある。とりあえず、弁天屋へ届けておいてくれ」

「よろしいのですか」

「よいのだ。そいつを持って消えてくれ。おぬしの顔など、正直、みたくもない」

ついに本音をぶちまけると、卯之吉は首を亀《かめ》のように縮めた。

「じつはもうひとつ、お伝えせねばならないおはなしが」

「まだあるのか」

「毬谷さまが住んでおられた丹波道場のことで」

「何があった」

心ノ臓が、どきりとする。

まっさきに浮かんだのは、老いた一徹の身に何かあったのではないかということだ。

卯之吉は顔を突きだし、にっこり笑った。

「おめでたいおはなしにございます。何でも、女剣士として知られるお嬢さまに縁談が舞いこんだとか」

「げっ」

「やはり、驚かれましたね。お相手は水戸藩の馬廻り役で、しゅっとした感じの好男子だそうです」

左合一馬の凜々《りり》しい顔が浮かんでくる。

慎十郎は頭を抱えたくなった。

「毬谷さま、どうかなされましたか」

「……い、いいや、何でもない」

頭が真っ白になり、何ひとつ考えられない。

卯之吉が去っても、しばらくは身動きひとつできなかった。

七

数日後、鶴屋に魚河岸からとんでもないものが届けられた。

海水に浸《つ》かった、生きたままの大蛸である。

慎十郎が廓内の散策から帰ってみると、大広間の廻り廊下は野次馬の奉公人や遊女たちで溢れ、馬面の忘八が一喝せねばならぬほどだった。

大広間には、板元の四六屋太郎左衛門がいる。

板元にしたがう絵師を目にし、慎十郎は仰《の》けぞりそうになった。

何と、春清ではないか。

しかも、手鎖をちゃんと嵌めている。

「あれは当代一との呼び声も高い岸川春清だよ」

遣り手が囁きかけてきた。

「升屋の旦那が無理を言って、連れてこさせたのさ。手鎖を嵌めているってのがみそでね、罰せられるのを覚悟で描けば、絵の価値は何倍にも吊りあがるってわけさ。金持ちってのは、えげつないことを考えるもんだね」

大広間に招かれた客は、升屋以外にも数人いた。

「いずれも、名のあるお大尽さ。わたしにゃわかる。みんなで競わせて、危な絵の値段を吊りあげさせようって腹なんだろう」

世話になった板元に泣きつかれ、春清は重い腰をあげたのだろうか。

それとも、腰をあげねばならぬ事情でもあったのか。

混乱する頭で考えても、理由はよくわからない。

清搔の音色が、威勢良く響きわたった。

花魁の橋立が升屋伝兵衛に先導され、大階段を上ってくる。

先回と同様、伊達兵庫を華やかに飾った髷が重そうだ。

座布団のような裾《すそ》を引きずり、大広間へはいっていく。

「おお、美しい」

閉められた襖の向こうから、客たちの歓声が聞こえてきた。

様子を覗いてみたかったが、廊下から想像するしかない。

つまらなそうにしていると、後ろから肩を叩かれた。

影浦である。

「観たいか」

「えっ」

「忘八に掛けあってもよいぞ」

恩を売られたくはなかったが、観たい気持ちを抑えきれない。

うなずいてみせると、部屋で待っているようにと言われた。

雑用の消炭が呼びにきたのは、一刻経ってからのことだ。

廊下を渡り、そのまま部屋に導かれる。

影浦は襖のそばに座っていた。

慎十郎をみてうなずき、隣へ誘う。

上座の客たちも忘八も気づかない。

慎十郎は息を呑んだ。

橋立はあられもないすがたとなり、大蛸が白い柔肌のうえを這いずりまわっている。

客たちはぐるりと囲んで見下ろし、絵師の春清は二曲一双の屏風に絵を描いていた。

手鎖は外れている。

褌《ふんどし》一枚になり、小筆を口にくわえ、両手で握った大筆を寝かせた屏風のうえに走らせていた。

蛸と戯れる花魁も凄いが、鬼気迫る絵師の迫力にも圧倒される。

遠目でみてもひしひしと伝わってくるので、そばにいる者たちはたまらない気分であろう。絵を描いている経緯《いきさつ》もふくめて、おそらく、客たちは大金を叩こうとするにちがいない。

やがて、蛸は動かなくなった。

橋立に搦《から》みついたまま、死んでしまったのだ。

客たちが近づき、楽しそうに蛸の吸盤を剝がしていく。

その様子を上座から眺め、升屋伝兵衛は眸子を細めた。

慎十郎の殺気を察し、影浦が睨みつけてくる。

「できた」

唐突に、春清が叫んだ。

「おう、できたか」

四六屋が絵をひと目みて、大声を張りあげる。

「傑作にございます。みなさま、傑作ができましてございます」

立てられた屛風をみて、客たちは唸《うな》った。

升屋でさえも、ことばを失っている。

見事としか言いようのないできばえであった。

大蛸に襲われた橋立が、今しも屏風から飛びだしてきそうなほどだ。
影浦も見入っている。
慎十郎は喉の渇《かわ》きをおぼえた。
春清は畳のうえで大の字になり、天井をみつめている。
精も根も使いはたしたかのようだった。
近づこうとすると、影浦に阻まれる。
「おぬしはここまでだ。満足したであろう」
部屋から退出を余儀なくされた。
廊下に佇んでいると、春清だけが出てくる。
慎十郎に気づき、ふっと力なく微笑んだ。
さきほどまでの迫力は露ほども感じられない。
春清は若い衆に導かれ、大階段を降りていった。
手鎖をしているので、慎十郎は不審におもった。
従いていくと、忘八が見世の出入口に立っている。
やはり、様子がおかしい。
春清は外に出された。

慎十郎もつづいて、外へ飛びだす。

「あっ」

捕り方が待ちかまえていた。

まんなかにいるのは、山狗の異称で呼ばれる定町廻りの小泊平内だ。

「北町奉行所与力、吹石兵庫さまの命でまいった」

小泊は周囲に向かって、声を張りあげた。

そして、春清の袖を摑み、乱暴に引きよせる。

「親父さんよ、覚悟はできてんな」

「へい」

最初から、こうした段取りになっていたのか。

慎十郎はわが目を疑いつつ、小泊に食ってかかった。

「待ってくれ」

「何だ、またおめえか。抗うようなら、親父といっしょに引っくくるぞ」

慎十郎は腰を落として身構え、刀の柄に手を掛ける。

「抜くのか、いいぜ。おれはこうみえても新陰流《しんかげ》の免許皆伝《めんきよかいでん》でな、たぶん、おめえと はいい勝負だ。でもな、廓で十手持ち相手に刀を抜いたら、首を失うぜ。おめえだけじゃねえ。きっかけをつくった腐れ絵師も同罪だ。それでもいいなら抜いてみな。ほら、どうした。抜かねえか」

怒鳴りつけられても、言いかえすことばがない。

「ぬうっ」

肩をぶるぶる震わせつつも、刀を抜くことはできなかった。

奉公人や客たちに見送られ、春清は捕り方とともに去っていく。

慎十郎は唇を噛みながら、どうにか救いだす算段を考えていた。

八

久方ぶりに廓を出て、呉服《ごふく》橋御門内へ向かった。

右手の銭瓶《ぜにがめ》橋を渡れば御勘定所だが、橋を渡らずに道三《どうさん》堀沿いに進む。

左手に龍野藩五万一千石の上屋敷があった。

千代田《ちよだ》城は目と鼻のさき、辰ノ口《たつのくち》を右に折れて大手御門に向かってもよいし、まっすぐに和田倉《わだくら》御門から内桜田《うちさくらだ》御門へ抜けてもよい。いずれにしろ、藩主が老中の役に就く藩は、曲輪《くるわ》内の最適な場所に上屋敷をあてがわれている。

龍野藩を離れた身だけに、足を向けたくないところだった。が、そんなことを言っている場合ではない。矜持《きようじ》の欠片《かけら》をかなぐり捨て、老中の安董公に縋《すが》ろうとおもった。慎十郎にとっては天下の一大事よりも、呑んだくれの絵師を救うことのほうが重要なのだ。

「安董公のお力添えを、何としてでもお願い申しあげたく」

口上を反芻《はんすう》しながら、正門までたどりつく。

断りもなく踏みこもうとして、門番に止められた。

「お待ちを。どちらさまにござりますか」

「えっ、まさか、わしを知らぬのか」

若い門番は不思議な顔をする。たしかに、知らぬ顔だ。

そこへ、たまさか見知った月代侍《さかやき》がやってくる。

幼馴染みの石動友之進《いするぎとものしん》であった。

足軽の家に生まれながらも、持ち前の利発さと剣の技倆《ぎりよう》を認められ、江戸家老直属の用人に抜擢《ばつてき》された。国許《くにもと》では母ひとり子ひとりで、出世を生きるよすがとし、出世のためなら情を殺して仕えてきた。出世の道がひらけたのは、本人の資質や力量というよりも恩師の推挙による。恩師とは、毬谷慎兵衛にほかならない。幼いころより毬谷道場に入門し、毬谷三兄弟に匹敵するほどの実力を培った。ふたつ年下の慎十郎とは鎬《しのぎ》を削った仲でもあり、何かと対抗心を燃やしていたが、今となってみれば過去のはなしだ。

「よう、友之進」

気軽に声を掛けると、能面のような顔を向ける。

「何だ、おぬしか」

「何だはあるまい。懐かしくないのか」

「別に」

「静乃《しずの》さまはお元気か」

「軽々しく名を呼ぶな」

「ふっ、御家老の孫娘だからか。されどな、わしは五年前、国許で静乃さまが暴漢どもに襲われかけておるところを救った。御家老から褒美《ほうび》をやると言われ、静乃さまを嫁に欲しいと申しあげたら、御家老は激昂《げっこう》して刀に手を掛けられた。肝心の静乃さまは、わしの気持ちをわかっておいでになったらしく、わしへの恋情をずっと温めておられた。つまりは、両想《りょうおも》いであったということさ。の、わかるであろう。それほど親密な間柄なら、名を呼んでもかまうまい」

友之進は鼻白んだように吐きすてる。

「袖にされた男が、何をごたごた抜かしておる」

「無礼なことを申すな。袖にされたわけではないぞ。静乃さまは、わしのことを慮《おもんぱか》って身を引かれたのだ」

「あいかわらず、能天気な男だな。それで、何の用だ」

「殿にお目通りできぬか。殿が無理なら、御家老でもよい」

「いきなりやってきて、会えるはずがあるまい。わが殿は天下の御仕置きに与るご老中なんだぞ」

「古希を過ぎた老人であろうが。疾《と》うに隠居されてもよかろうに、何故、いつまでも幕政にしがみついておられるのだ」

「無礼な。殿は大御所様と上様のご意向をお請けになり、幕政の舵取《かじと》りを任されておられるのだぞ」

「舵取りをやっておるのは水野越前守《みずのえちぜんのかみ》だ。わが殿は、ただおるだけの重石《おもし》であろうが」

「まだ言うか。首を飛ばすぞ」

友之進は身構え、腰の刀に手を添える。

直心影流の免状持ちでもあり、油断はできない。

「ふふ、怒るなよ。ともあれ、御家老に取りついでくれ」

「無理だと申しておろうが」

「無理を承知で頼んでおる」

友之進はふと、はなしを変えた。

「そう言えば、咲どのに縁談が舞いこんだらしいな」

「知りたいのか。取りついだら、教えてやってもよいぞ」

友之進はしばらく考え、根負けした様子で慎十郎を導いた。

「会えるかどうかはわからぬぞ」

「わかっておるわ」

もうすぐ日が暮れるので、藩主の安董公も家老の赤松豪右衛門も千代田城から戻っているはずだ。

連れていかれたさきは、赤松の家老屋敷だった。

友之進は赤松家の用人なので、門番に誰何《すいか》されることはない。

屋敷にはいると表口へは行かず、脇から裏庭のほうへまわった。

「今時分はたいてい、御庭におられるのだ」

「会わせてくれるのか、恩に着るぞ」

友之進の読みどおり、赤松は池畔に立ち、鯉《こい》に餌《えさ》をやっていた。

「御家老、よろしゅうござりますか」

「おう、友之進か。何用じゃ」

「毬谷慎十郎を連れてまいりました。火急の用件を携えてまいったとかで」

「毬谷慎十郎とな。おう、まだ生きておったのか」

憎まれ口を叩かれたので、木陰からすがたをみせてやる。

「御家老、お久しゅうござります。慎十郎めは、ちゃんと生きてござります」

「わかっておるわ、厄介者め。火急の用件とは何じゃ」

「なれば、さっそく」

慎十郎は片膝《かたひざ》をつき、知りあいの絵師が北町奉行所の役人に捕まった経緯をかいつまんで説いた。

豪右衛門は仕舞いまで聞かず、片手をひらひらそよがせる。

「浮世絵師ひとりを救うために、わが殿から北町奉行の大草安房守《おおくさあわのかみ》さまに口利きをせよと申すのか。笑止千万《しょうしせんばん》、幕政を司る老中に頼むことではなかろう。去《い》ね」

「お聞き届けいただけませぬか」

「うるさい。目障《めざわ》りじゃ。友之進、何でそやつを連れてきた。たとい、鎬を削った剣友であろうとも、誼《よしみ》におもうことはないぞ。そやつにかぎってはな」

「何とお冷たい。殿に直々にお願いいたせば、かならずや、お聞き届けくださるはず。どうか、お取りつぎを」

「ならぬ。殿とて、お許しにならぬわ」

赤松はきっぱり断じつつも、安董なら願いを聞き届けるかもしれぬとおもった。慎十郎の豪快さを好み、いずれは剣術指南役に迎えたいと望んでいたからだ。

が、藩の要でもある家老として、甘い顔をみせるわけにはいかない。

「去《い》ね。二度と、その小汚い面をみせるな」

にべもなく、突きはなした。

慎十郎はようやくあきらめ、お辞儀をして去ろうとする。

淋しげな背中に憐《あわ》れみをおぼえたのか、赤松はうっかり優しいことばを掛けた。

「衣食は足りておるのか」

慎十郎は振りむき、獣のような眸子で睨みつける。

「廓の大見世に雇われておりますゆえ、食いものには困っておりませぬ」

不敵に笑うと、赤松は渋面をつくった。

「つくづく困ったやつよ。長兄の慎八郎《しんぱちろう》は、国許でせっせと城勤めに励んでおるというに。父に言われたことばを忘れたのか」

「どのようなことばでござりましょう」

「捨身《しゃしん》じゃ。一命を賭《と》して仕える主人をみつけてこその侍ではないか。おぬしは藩を捨て、侍の誇りをも捨てようとしておる。目を覚まさぬか」

「何ものにも縛られず、生きたいように生きる。それこそが、拙者《せっしゃ》の決めた道にござります」

「その道を進めば、野垂れ死にするのが関の山じゃ。親心で言うておるのがわからぬのか」

「わかりませせぬ。されば、ごめん」

慎十郎は踵を返し、戸惑う友之進も置き去りにして、すたすたとその場から去ってしまう。

われながら大人げないと感じつつも、おのれの信念をまげるつもりはなかった。

九

夜空には上弦の月が輝いている。

春清が囚《とら》われの身となって三日経った。

救う手だても浮かばず、焦りだけが募る。

妙なのは楼内で危な絵を描かせた鶴屋喜左衛門や升屋などの客たち、そして板元の四六屋でさえも処罰を受けていないことだ。

罪に問われたのは、絵師の春清だけである。

要するに、鶴屋と捕り方は最初から裏で繋《つな》がっていたことになる。

これも春清の描いた絵の値段を吊りあげるための仕掛けだとすれば、とうてい許すことはできない。

あれこれ考えていると、亥ノ刻近くになって、影浦があらわれた。

「仕事だ」

誘われて立ちあがり、背中に従《つ》いて仲の町から水道尻へ向かう。

暗がりで待っていたのは大八車ではなく、三人の食いつめ浪人だった。

いずれも眸子を血走らせ、今にも襲いかかってきそうな面構えをしている。

慎十郎は、ぴんときた。

先日の襲撃から逃れた三人かもしれない。

「名は教えずともよかろう。この者たちと大八車を襲えば、百両やるがどうだ」

影浦が余裕の笑みをかたむけてきたので、慎十郎はにこりともせず、ぼそっとつぶやいた。

「断る」

断られるとはおもってもみなかったのだろう。

影浦は一瞬黙りこみ、声をあげずに笑った。

「百両だぞ。欲しくないのか」

「最初に言ったはずだ。盗みと殺しはせぬと」

「四人も殺《あや》めたやつが、今さら何を抜かす」

再考を求められ、ふと、妙案が浮かんだ。

慎十郎は何をおもったか、誘いを請ける。

「気が変わった。請けよう。で、襲うのはいつだ」

「今から半刻後、先日と同じ寺町でやる。段取りはわかっておるな。邪魔だてする者があれば、容赦なく斬りすててくれ」

「詮方《せんかた》あるまい。おぬしは襲われる側か」

「ああ、そうだ。されば、ここで分かれよう。こんどは失敗《しく》じるなよ」

先回は見事に荷を守りきり、三十両を貰った。だが、上納金を無事に届けることは、影浦たちにとってみれば失敗じりなのだ。

そのことは、吹石兵庫という与力も知っている。

吹石や定町廻りの小泊は鶴屋や影浦と結託して、あらゆる悪事に手を染めているのであろう。

しかも、鶴屋は町名主の升屋とも通じている。

亡くなった大西内蔵助が疑っていた悪党与力とは、ひょっとしたら、吹石のことなのかもしれない。

慎十郎は影浦と分かれ、水道尻の木戸を抜けて外へ出た。

跳ね橋を渡りきったところで、三人のうちのひとりが足を止める。

「わしは小此木《おこのぎ》恭七郎《きょうしちろう》、おぬしの力量はわかっておる」

「半弓を放った御仁か」

「そうだ。されど、安心いたせ。おぬしに斬られた四人に格別の情はない。ここにおるふたりも同じ、よい稼ぎがあると聞いて集まっただけの者たちだ。おぬしとて、そうであろう」

「まあな」

「死にたくなければ、わしの命にしたがってもらう」

「承知した」

「影浦氏の言ったとおり、分け前は百両、破格の稼ぎだ。失敗じることはできぬ」

暗い隧道《すいどう》のような田圃道を、四人は黙々と歩いていった。

先日とのちがいは、道を淡く照らす月の光だけだ。

やがて、寺町へ差しかかった。

身を隠すところは、いくらでもある。

「先日は七人、今宵は四人。されど、防の頭数は変わらぬ。ちと、しんどい仕掛けにはなるが、それだけ分け前も多い」

「やるしかあるまい」

「そういうことだ」

暗がりのなかで、じっと待ちつづける。

桜の咲く時季なので、夜気はそう冷たくない。

——うおおん。

刑死人の屍骸《しがい》が浅く埋まる小塚原《こつかっぱら》のほうから、山狗の遠吠えが聞こえてきた。

と同時に、車の軋みが近づいてくる。

「来おったぞ」

小此木は半弓を携え、寺の築地塀《ついじべい》に上がった。

ほかのふたりは道の左右から迎えうつ態勢を取り、慎十郎は少し離れて後方から襲撃できる物陰に隠れる。

道の反対側からは、御用提灯が近づいてきた。

吹石兵庫に率いられた捕り方どもであろう。

やがて、闇の底から大八車の一団があらわれた。

先頭には馬面の忘八がおり、隣に影浦が控えている。

慎十郎はじっと息を殺し、一団をやりすごした。

斬られ役の浪人は三人、強面の若い衆は五人、数だけは揃っている。

しんがりの浪人ふたりが通りすぎ、大八車に従いて進んでいった。

異変が勃《お》こったのは、そのときだ。

——ひゅん。

弦音のすぐあとに、短い悲鳴が響いた。

若い衆のひとりが斃れ、一団は騒然となる。

道の左右から浪人ふたりが飛びだし、ひとりは影浦と鍔迫《つばぜ》りあいを演じながら暗がりへ消えていった。

――ひゅん、ひゅん。

弦音が連続し、捕り方の小者《こもの》たちが斃れていく。

ここぞと見極め、慎十郎も飛びだした。

「ぬわああ」

怒声を張りあげ、相手を威《おど》しあげる。

しんがりの浪人ふたりを、峰打ちで容易に倒した。

若い衆は逃げ腰になり、逃げだす者も何人かあった。

忘八は頭を抱えて蹲《うずくま》り、与力の吹石は動かずに吼《ほ》えている。

小此木が屋根から飛びおり、こちらへ走ってきた。

半弓を捨て、腰の刀を抜きはなつ。

大八車に取りつく浪人の首を刎《は》ねると、ほかの連中は蜘蛛《くも》の子を散らすように逃げていった。

「車を牽《ひ》け」

慎十郎は命じられ、大八車の正面にまわる。

取っ手を握り、強引に向きを変えた。

「よし、それでいい。田圃道へ戻って、途中で左手に曲がるのだ」

「承知した」

火事場の馬鹿力を発揮し、暗闇に車を転がす。

小此木も腰を屈め、後ろから懸命に押した。

「そこだ。馬頭観音《ばとうかんのん》のさきを左手に曲がれ」

「よし」

曲がったところで、車輪のひとつが溝に落ちる。

「くそっ」

立ち往生していると、仲間のふたりが追いついてきた。

どうにか車輪を持ちあげ、細道を駆けるように進む。

追っ手は来ない。最初から、追う気はないのだ。

途中で堀川を越え、田圃の一本道をひた走る。

たどりついたところは、瘴気《しょうき》が漂っていた。

「ここが何処かわかるか。小塚原さ」

「何だと」

西の方角に目を向ければ、月明かりに照らされた延命地蔵が鎮座《ちんざ》していた。

遠目でも、あまりに大きすぎて圧倒される。

「あそこは西方浄土《さいほうじょうど》の入り口だが、罪人どもはたどりつけぬ」

小此木は薄く笑った。

足許には刑死人の屍骸が埋まっている。

小塚原が「骨《こつ》ヶ原《はら》」とも呼ばれていることは、慎十郎も知っていた。

「成仏できぬ罪人どもの霊が、このあたりにも漂っていよう。ふふ、ところで、奪った上納金はいくらあるとおもう」

「さあ」

「少なく見積もっても、三千両といったところか。そのうちの百両が取り分だ」

「待て。ひとり百両なら、ぜんぶで四百両であろうが」

発したのは、浪人のひとりだ。

もうひとりと顔を見合わせ、はなしがちがうと言いだす。

「いいや、ちがわぬ」

小此木は大股で浪人たちに迫り、唐突に抜刀してみせるや、ふたりをたてつづけに斬った。

いずれも袈裟懸けの一刀、見事としか言いようのない手並みだ。

血振りを済ませ、小此木は振りむいた。

「これで仕舞いにすれば、おぬしと五十両ずつを分けることになる。ただし、百両を独り占めしたければ、どちらかが死ぬしかない」

慎十郎は身構えた。

「どうせなら、三千両を独り占めにすればよかろう」

「おぬしはできる。されど、わしはできぬ」

「どうして」

「養子に出されて姓は変わったが、影浦謙吉はわしの実兄でな」

「なるほど、兄弟揃って悪党の片棒を担いでいるというわけか」

はなしの筋が読めてきた。

「上納金を盗む企ては、おぬしの兄が立てたのか」

「ちがう。はなしを持ちこんだのは、年番方与力の吹石さ。腐れ与力が元凶でな、鶴屋の忘八を誘いこんだ。わしら兄弟は忘八の喜左衛門から相談を受け、助力してやったというわけさ」

　慎十郎はなおも問う。

「おぬし、菊麿という絵師の利き腕を折らなかったか」

「折ったが、それがどうした」

「鶴屋の忘八に頼まれれば、何でも引きうけるというわけだな。上納金強奪の企て、町名主の升屋伝兵衛は関わっておらぬのか」

「さあ、そこまでは知らぬ。ただし、升屋伝兵衛と吹石兵庫が裏で通じておるのは確かだ。ひょっとしたら、吹石に悪事の手ほどきをしたのは、升屋かもしれぬ」

　慎十郎はうなずいた。そこまでわかれば充分だ。

「ほかに聞きたいことがあれば、こたえてやってもよいぞ」

「いいや、もうよい」

「ならば、そろりと地獄へ逝くか」

　小此木は、すっと間合いを詰めてくる。

　慎十郎は誘うように、半歩だけ後退した。

「おぬしの兄は、貫心流を修めたのであったな。おぬしもか」

「さよう」

貫心流は古流のひとつで、源 義経《みなもとのよしつね》に起源をおく。修めた者は体術に優れ、薙刀術《なぎなた》にあるような巻きこむ所作に妙味があるという。なお、貫心流が伝播《でんぱ》して定着したさきは、芸州広島《げいしゅうひろしま》と阿波徳島《あわとくしま》の二ヶ所といわれていた。

慎十郎は問うた。

「生まれは芸州か、それとも阿波か」

「芸州じゃ。おぬしと同じ田舎侍よ。江戸で一旗《ひとはた》あげようとおもうたが、容易なことではない」

「それで、悪党の走狗《そうく》に落ちたわけか」

「おぬしも、いずれそうなるさ。ただし、生きておればのはなしだがな」

「どうしてもやると申すのか」

「やらずばなるまい」

「わかった」

慎十郎は藤四郎吉光を抜き、平青眼に刃を寝かす。

小此木は右八相に構えるや、一刀で決める勢いで袈裟懸けに斬りつけてきた。

「はりゃ……っ」

慎十郎は逃げずに受け、かぶせるようにして上から押さえこむ。

小此木は巧みに巻きかえし、下から猛然と薙ぎあげた。
「あっ」
慎十郎の手から吉光が離れ、宙へ飛んでいく。
されど、それは相手の気を逸らす仕掛けだった。
すかさず脇差を抜き、懐中に飛びこむや、腹を裂く。
さらに中空へ跳び、振りかえった相手の頭蓋を斬りさげた。
「ぬげっ」
小此木は前のめりに倒れ、地べたに顔を叩きつける。
「愚か者め」
慎十郎は血振りを済ませ、静かに納刀した。
弾かれた藤四郎吉光を拾おうと、暗がりに屈みこむ。
そこに、髑髏《されこうべ》が転がっていた。
生暖かい風が頬を撫でる。
——ひょう。
死者の叫びが木霊《こだま》した。
ひとりで大八車を牽き、延命地蔵の陰に向かう。

奪った上納金と引換に、春清の命を救ってみせる。

慎十郎の企てとは、それであった。

十

——善は急げ。

慎十郎は、夜が明けぬうちに廓へ戻った。

五百両箱をひとつだけ肩に担ぎ、水道尻のほうから仲の町を歩いていく。

鉄棒引《かなぼうひき》も見廻っていない廓内を通り、大門に近い江戸町一丁目で左手に曲がる。

鶴屋は静まりかえっていた。

廓全体の上納金を奪われたにもかかわらず、表向きだけみれば変わった様子はなさそうだ。

町奉行所にも吉原会所にも面目があるので、けっして凶事は表沙汰《おもてざた》にならない。おそらく、辻強盗に遭ったのが不運だったのひとことで片付けられ、新たな上納金がまた用意されるのだろう。それだけ廓は潤っているという証左でもあったが、ともあれ、そういった事情をよく知る者でなければ為《な》し得ない企てだった。

慎十郎は忘八の喜左衛門と談判におよび、与力の吹石兵庫とはなしをさせるつもりでいた。

一方、影浦は生きのこったこちらの顔をみて、実弟の死を知ることになるだろう。恨みを募らせるにちがいないが、姑息《こそく》な手に出たのは影浦や小此木のほうだ。あきらめてもらうしかない。

慎十郎は胸を張り、妓夫もいない鶴屋の暖簾《のれん》を振りわけた。

それから、半刻も経たぬうちに夜は明けた。

忘八とのあいだで、はなしがついたのである。

五百両箱を渡したのが効いたのか、思惑《おもわく》どおりに事はすすみ、残った金の隠し場所を教えるのと交換に春清は縛を解かれることになった。

交換の日時は本日暮れ六つ、慎十郎の指定による。

与力の吹石も否とは言うまい。

絵師ひとりを解きはなちにすれば、濡《ぬ》れ手に粟《あわ》で三千両が手にはいるのだ。

焦《じ》れるような時が過ぎ、やがて、約束の日没間近になった。

春清は小伝馬《こでんま》町の牢屋敷《ろうやしき》でなく、南茅場《みなみかやば》町の大番屋に留めおかれているというので、そちらへ向かった。

まちがいがあるとまずいので、卯之吉とおみわは呼んでいない。

慎十郎はひとりで身柄を引きとりにおもむき、立会人となった定町廻りの小泊平内に残金の隠し場所を告げた。

「金を手に入れたら、それで仕舞いにしてくれ」

慎十郎は小泊に懇願した。

「かたちはちがっても、わしとてこたびの悪事に手を貸した。悪事のからくりを表沙汰にすれば、重罪は免《まぬが》れぬだろう。それゆえ、けっして口外はせぬ。以後、わしらのことは放っておいてほしい」

「承知した」

慎十郎はひとがよいので、毒水に浸かった定町廻りのことばを信じた。

信じることの怖さは知っているつもりだが、人を信じねば何事もはじまらぬ。

「ただし、約束を破ったときは死んでもらう」

と、言い添えた。

その殺し文句が、凶事に踏みこませぬ枷《かせ》になればとおもった。

解きはなちになった春清は無精髭《ぶしょうひげ》を撫で、鰻《うなぎ》が食べたいと言った。

夏にならねば鰻は美味《うま》くない。

ももんじ屋はどうだと誘ったところ、嬉しそうにほいほい従いてきた。

檜物町の長屋ではおみわが馳走をつくって待っているかもしれぬが、春清の頭のなかは桜と牡丹《ぼたん》でいっぱいになった。

「肉なら猪《いのしし》、牡丹がよいな。煮れば煮るほど味が出る。鋤《すき》のうえで焼いてもよい。溶き玉子に浸けて食べるのさ」

それ以上の贅沢《ぜいたく》はあるまい。

奪った上納金から、十両ばかり拝借しておいた。その金をぱっと使えばよい。

春清は長いあいだ拘束されていただけに辛そうにもみえたが、美味いものを食うためならと歩きつづけた。わざわざ平河町《ひらかわ》まで足を延ばし、黒猪の牡丹肉を食べさせるももんじ屋へやってきたのだ。

奥の小上がりに腰を落ちつけると、大きな平皿に猪肉が盛られてくる。

「ほう、文字どおり、牡丹の花じゃねえか」

一枚剝がして鋤のうえで焼き、焼き汁といっしょに煮る。

煮あがった肉を溶き玉子に浸け、春清は口のなかへ放りこんだ。

額に玉の汗を浮かべつつ、口をはふはふさせる。

「……う、美味《うめ》え。こんな美味え肉は生まれてはじめてだぜ」

「どれ」

　慎十郎も熱々の肉を口に放りこみ、肉汁を味わいながら咀嚼《そしゃく》した。

「まこと、美味いな」

　山里で猟師から馳走になった味をおもいだす。

「おめえさん、故郷は何処だ」

「播州龍野さ」

「水運に恵まれた城下町だな」

「ああ、そうだ。城下には醤油《しょうゆ》蔵の黒い屋根と黒板塀がつづいておった」

　北には城の築かれた鶏籠《けいろう》山、西には的場《まとば》山、城下に流れる揖保《いぼ》川には高瀬舟がゆったり行き来している。播磨の小京都とも評される閑静な故郷の情景を、慎十郎は脳裏《のうり》にくっきりと浮かべていた。

「双親はご健在かい」

　慎十郎は尋ねられ、眼差しを宙に浮かせた。

「母は幼いころに亡くなり、兄弟三人は父に育てられた。わしは三男だが、甘やかされて育ったおぼえはない。父は播州一円に知れわたる円明流の道場主でな、藩の剣術指南役もつとめたほどの剣客だった。自分の子にも他人の子にも、分けへだてなく厳しかった。おかげで、わしらは剣術に熟達し、毬谷三兄弟は播州で敵無しと評されるほどになった。されど、今の父は竹刀すら振れぬ。胸を病んでおってな」

「帰ってやらなくていいのかい」

「勘当された身ゆえ、帰りたくともできぬ。手ぶらでは帰らぬと決めておるしな」

「土産《みやげ》は何だ」

　慎十郎は問われ、不敵な笑みを浮かべた。

「千葉周作、男谷精一郎、斎藤弥九郎、天下に名だたる三剣士と闘って勝利し、それを凱旋《がいせん》の手土産とする。わしの夢、いや、それこそが目途なのだ」

「へへ、いいじゃねえか。あんたみてえな男は、おりゃ好きだな」

「さようか」

　春清は酒を注《つ》いでくれた。

　安酒だが、下り酒より美味く感じる。

「そう言えば、おめえさん、鶴屋の宴席に座ってたな」

「ふむ」

「それなら、おれの描いた屏風絵も観たのかい」

「観たさ」

「どうだった」

慎十郎はうなずいた。

「遠目でも圧倒された」

「北斎とくらべてどうだった」

「へへ、そうかい」

「北斎なんぞ、足許にもおよばぬ」

春清は心底から嬉しそうな顔をする。

ふたりは腹いっぱい肉を食べ、夜更けまで呑みつづけた。

さすがに疲れたのか、やがて、春清は横になって眠りだす。

皺《しわ》だらけの顔を眺めると、故郷に残る父の顔とかさなった。

懐中から取りだした紙を、床のうえで広げてみる。

——捨身。

という二文字が、節くれだった細い筆跡で書かれていた。

「父上……」

おもわず、つぶやいてしまう。

紙を仕舞い、支払い用に小判を一枚置き、寝ている春清を起こして背に負う。

「ずいぶん軽いな」

見世の親爺に礼を言い、ももんじ屋をあとにした。

背中に温かみを感じながら延々と歩き、日本橋まで戻ってくる。

檜物町の長屋へたどりついたときは、亥ノ刻をまわっていた。

部屋では卯之吉とおみわが、首を長くして待っている。

おみわといっしょになる菊麿のすがたも見受けられた。

「心配を掛けてすまなんだな。春清どのはお元気だ」

「かたじけのうございます」

おみわが床に手をついた。

卯之吉と菊麿は額まで床に擦《こす》りつける。

「待っていてくれる者たちがおって、親父さんも幸福だろうさ」

蒲団に寝かしつけると、春清は鼾を掻きはじめた。

自分にできることは、ここまでだ。

慎十郎は部屋から離れていく。

三人は外まで見送ってくれた。

淋しくなったらまた、訪ねてこよう。

久しぶりに、浮きたつような気持ちになった。

が、やはり、慎十郎は甘すぎたと言わざるを得ない。

翌日の夕刻、島田町の弁天屋に身を寄せていると、春清が死んだという知らせが飛びこんできた。

十一

春清は袈裟懸けの一刀で斬られていた。

遺体がみつかったのは、部屋のそばにある厠の近くだ。

時刻は長屋の住人が寝静まった夜明け前の公算が大きい。

だが、怪しい者をみた者も、悲鳴を聞いた者もいなかった。

少なくとも、下手人は長屋の内部や部屋の位置を知る者であろう。

疑わしい人物のなかで該当するのは、定町廻りの小泊平内しかいない。

ただし、証拠はひとつもなく、慎十郎は頭のなかを整理できぬまま、吉原遊郭へ足を向けた。

日没間近で、清掻が賑やかに響いている。

雲のうえでも歩いている気分だった。

いまだに、信じられない。

春清はもう、この世にいないのだ。

感情の抜けおちた顔で大門を潜り、右手の江戸町一丁目へ踏みこんだ。

紅殻格子に彩られた妓楼では、花魁や新造の張見世がはじまっている。

鶴屋の表口へ近づいても、妓夫は止めようとしない。

今も用心棒をやっているとおもいこんでいるのだ。

大小も腰に帯びたまま、敷居をまたいだ。

左手の内証を覗くと、忘八の喜左衛門が禿に肩を揉ませている。

慎十郎のすがたを目に止め、ぎくっとして身を固めた。

禿は離れていき、ふたりだけになる。

「……な、何しに来やがった」

震える声で問われ、慎十郎は淡々と応じた。

「一度しか聞かぬ。絵師の春清を殺めたのは誰だ」

「……し、知るかい、そんなもの」

「一度しか聞かぬと言ったぞ」

「だから何だ、野良犬め」

「死にたいようだな。ふん」

素早く白刃を抜いた。

切っ先が鬢《びん》の脇を擦りぬける。

ぼそっと、耳が落ちた。

「ひゃっ……い、痛え」

「つぎは鼻でも削いでやろうか」

刀を構えたところへ、後ろから殺気が迫った。

振りむけば、影浦謙吉が立っている。

「おぬしの問いには、わしがこたえてやろう。絵師を斬ったのは、定町廻りだ」

「やはりな」

「そのさきがある。聞きたければ、水道尻のさきまで行け」

「木戸を抜けたさきのことか」

「さよう、跳ね橋のうえで待て」

「わかった」

慎十郎は刀を鞘《さや》に納め、後ろもみずに見世を出る。

大股《おおまた》で足早に進み、水道尻へ向かった。

すでに、あたりは薄暗い。

妓楼の大屋根に並ぶ天水桶や水道尻の火《ひ》の見櫓《みやぐら》が黒い影となり、上から覆いかぶさってくるかのようだ。

木戸を潜りぬけ、どぶ川に架かった跳ね橋を渡る。

どぶの臭気に眉《まゆ》をしかめた。

我慢しながら待っていると、影浦がやってくる。

襷掛けまでしている。決着をつける腹なのだ。

「弟の敵討ちか」

影浦は首を横に振った。

「おぬしに恨みはない。弟は芸州でも名の知られた剣客だった。おぬしの力量が弟を凌駕《りょうが》していただけのこと、剣客同士の真剣勝負に恨みを残すのはおかしかろう」

「ならば、何故、決着をつけようとする」

「ただ、勝負がしたくなった。強い相手がそばにおれば、挑みたくなる。武芸者の持つ本能というやつだ」

「わからんではないがな。勝負のまえに、つづきを聞いておかねばなるまい」

「おぬしが想像しているとおりさ。小泊は吹石兵庫の走狗にすぎぬ。上納金強奪《ごうだつ》の企てを吹石の耳に囁いたのは、町名主の升屋伝兵衛さ。忘八の鶴屋喜左衛門は、嫌でも言うことを聞くしかなかった。何せ、鶴屋は升屋の落とす金で保っている。こうしろと命じられたら、文句は言えぬ」

「斬らせた理由は、口封じか」

「それもあろう。されど、絵師を斬らせた理由は別にある。即興で描いた絵の値を吊りあげるためさ」

「何だと」

春清が死んだあと、絵の値段は倍に吊りあがったという。

「許せぬ」

歯軋《はぎし》りをしつつも、慎十郎は疑念を口にする。

「何故、そこまで教えてくれるのだ」

「あるとき、升屋は言った。『稼ぎたければ犬になれ、侍の矜持など糞食《くそ》らえ』とな。残念ながら、こんなわしでも矜持の欠片は残っておる。それゆえ、まんがいち、おぬしが生きのこったときは、手を汚さずにふんぞり返っている連中に引導を渡してほしいのだ」

「妙なやつだな。敵か味方かわからぬではないか」

「策かもしれぬぞ。心の迷いは死を招くと、剣の師匠に教わったであろう」

まさしく、それは剣の師でもあった父の口癖だった。

「されば、まいろうか」

「のぞむところ」

影浦は跳ね橋を渡ってくる。

一歩近づくたびに、軋みが響いた。

「どぶ板一枚下は地獄。わしらにふさわしい死に場所とはおもわぬか」

「そうかもな」

ふたりは同時に白刃を抜き、相青眼に構える。

「弟の屍骸をみた。斬り口は存外に浅かった。おそらくは刀を囮《おとり》にし、脇差を使ったのであろう」

「よう見破ったな」

「ふふ、おぬしの太刀筋が読めるのだ」

影浦の顔は自信に満ちていた。

刀を独特の槍《やり》構えに構え、じりっと間合いを詰めてくる。

無言の気迫に圧され、額に汗が滲んできた。
幅のない橋のうえでは、繰りだす技もかぎられる。
有効な技は一撃必殺の正面打ちだが、それは貫心流の決め技でもあった。
もちろん、突いてくることも考えておかねばなるまい。
唐突に身を沈め、下から伸びあがるように突くのだ。
貫心流に「糸引きの動き」というものがあることを、慎十郎は知っていた。
返し技もあるにはある。
だが、頭で考えているうちは通用すまい。
もはや、技というより、気力の勝負だった。
「まいるぞ」
影浦は素早く身を寄せるや、唐突に沈みこむ。
と、同時に、ぎゅんと伸びあがってきた。
糸引きの動きだ。
これを一寸の見切りで躱し、慎十郎は片手水平斬りを繰りだす。
「はっ」
影浦は跳んだ。

二間（約三・六メートル）余りも跳躍し、真上から頭蓋めがけて斬りさげてくる。
――きいん。
火花が散った。
上段の一撃を十字に受け、相手の腹を蹴《け》りつける。
「ほっ」
影浦はからだをくの字に曲げ、後方へ飛び退《の》いた。
見事な体術だ。
汗が頬を伝って、顎から滴りおちる。
いや、汗ではなく、それは血だった。
どうやら、初手で鬢を裂かれたらしい。
ともあれ、つぎの一手で生死は決まる。
慎十郎は眸子を瞑《つむ》り、読経のように唱えた。
「放身捨命、この一刀に魂を込めるのみ」
肩の力が抜け、上段の構えがぴたりと決まる。
「斬り落としの勝負か。ふむ、よき覚悟じゃ」
影浦も刀を上段に構え、擦《す》り足で迫ってきた。

「くりゃ……っ」
気合いがかさなった。
ほぼ同時に、ふたつの刀が振りおろされる。
――がつっ。
わずかに遅れた刀が、鎬《しのぎ》で相手の刀を弾いた。
弾かれた刀は、肩の脇に逸れていく。
もう一方の刀は、確実に頭蓋を捉えていた。
ふっと、影浦が笑う。
つぎの瞬間、頭蓋がぱっくり割れた。
夥《おびただ》しい血を噴《ふ》きながら、影浦はどぶ川に落ちていく。
黒い水飛沫《しぶき》が舞いあがった。
慎十郎の手は、ぶるぶる震えている。
生死の間境に立ち、地獄の深淵《しんえん》を目にしたからか。
奥歯を食いしばり、耐えてみせねばならなかった。
まさに、どぶ板一枚下は地獄。
慎十郎は斬った相手の業を背負い、生きていかねばならぬ。

無論、まだ終わったわけではない。正念場はこれからだ。

影浦の遺言を果たすまで地に膝《ひざ》はつくまいと、慎十郎は胸に誓った。

十二

花見も盛りを迎えるころ、絵師の魂を弔《とむら》う初七日の法要がしめやかに催された。

人々は満月に映える夜桜を愛《め》でようと、日が暮れても墨堤《ぼくてい》から帰ろうとしない。

大川を眺めても、大小の花見船が繰りだしている。

慎十郎は両国橋の欄干にもたれ、提灯で派手に飾りたてた屋形船を目で追った。

遠目でもすぐにわかる。畳九枚と勝手がひとつあるところから「九間《くま》一丸《いちまる》」とも称する大船を貸切にできるのは、江戸でも屈指の金満家《きんまんか》だけだ。

金満家とは、町名主の升屋伝兵衛にほかならない。

招かれた客は年番方与力の吹石兵庫、それと定町廻りの小泊平内である。

岸川春清を死に追いやった悪党どもだ。

「許すわけにはいかぬ」

耳を澄ませば、笛や太鼓の音が響いていた。

芸者の嬌声や客たちの笑い声も聞こえてくる。

本来なら、花見船への便乗など、町奉行所の役人にあってはならぬことだった。が、川に繰りだしてしまえば咎める者とていない。

吹石と小泊は堂々と黒羽織を纏い、十手を携え、両脇に侍《はべ》らせた芸者たちに酌をさせるなどして、大いに楽しんでいる。

宴席のことを報《しら》せてくれたのは、板元の四六屋太郎左衛門であった。

四六屋は、升屋の企みを知らなかった。春清が縄を打たれたとき、自分にも罰が下るものと覚悟を決めていたし、春清を失ってはじめて悪事の片棒を担いでいたことに気づいたのだという。

「できることなら、希代の絵師と評された岸川春清の無念を晴らしたい」

殊勝な顔で漏らしたことばを、慎十郎は信じた。

引導を渡すべきは、腐った町名主と町奉行所の腐れ役人どもだ。

升屋については、大西内蔵助の無念も晴らさねばなるまい。

策を練るよりもさきに、勝手にからだが動いた。

いまや、大川を遡《さかのぼ》る屋形船は眼下に迫っている。

橋の下を通りぬけた瞬間が、たった一度の機会なのだ。

三味線の音色に合わせ、端唄《はうた》が賑やかに聞こえてくる。

「桜みよとて名をつけて、まず朝桜夕桜、よい夜桜は間夫の昼じゃとえ、ええどうなと首尾してあわしゃんせ、何時《なんどき》じゃ、ひけすぎじゃ、たそや行灯《あんどん》ちらりほらり……」

屋形船の船首が、橋の下に差しかかった。

橋の上にも、見物客は行き来している。

慎十郎は草履を脱ぎ、裾《すそ》を端折《はしょ》った。

「退けい」

怒鳴りあげ、端から端へ一足飛びに駆けぬけた。

欄干を蹴りつけるや、はっとばかりに飛翔《ひしょう》する。

「ぬおっ」

両腕を広げたむささびが、夜空を舞ったかのようだった。

ほとんど同時に、橋の下から屋形船がすがたをみせる。

慎十郎の巨体が落ちた。

――どしゃっ。

大音響とともに、屋形船の屋根が潰《つぶ》れる。

「何だ、何があった」

橋の欄干に野次馬が集まった。

屋根の一部が潰れた船は、舵《かじ》を失ったまま川面を滑っている。

すぐさま、野次馬たちの目から遠ざかった。

埃の舞うなか、芸者や幇間《ほうかん》が騒いでいる。

袖の破れた役人がひとり、船端へ這い出てきた。

与力の吹石兵庫だ。

慎十郎はむっくり起きあがり、腰の刀を抜きはなつ。

「……な、何だおぬしは。わしを誰と心得る」

吹石は立ちあがり、朱房の十手を掲げた。

電光石火、慎十郎の白刃が闇を裂く。

「ひぇっ」

悪党与力の生首が、宙高く飛ばされた。

首無し胴はゆっくり、川のなかに落ちていく。

信じがたい光景を、船尾から定町廻りが睨んでいた。

「誰かとおもえば、おめえか。ちょいと泳がしてやったのが、どうやら、まちげえだったようだな」

「おぬし、親父さんを斬ったな」

「ああ、斬ったさ。あの野郎、糞溜《くそだ》めのまえで命乞《いのちご》いしやがったぜ」

「嘘を言うな」

「嘘じゃねえ。人ってな、弱え生き物だ。死ぬとなったら、どんなに惨《みじ》めなことでもやる。春清のやつはな、三遍廻って、わんと吠えたんだぜ」

「なるほど、おぬしは根っからの嘘つきらしいな」

慎十郎は白刃を提げ、ゆっくり船尾に近づいていった。

ほかの連中は顔もあげられず、じっと身を隠している。

小泊は腰の刀を抜き、右八相に構えた。

「おれは新陰流の免許皆伝だぜ」

「だからどうした」

「返り討ちにしてやる。ここがおめえの墓場だってことさ」

荒い波が打ち寄せ、船が左右に揺れた。

慎十郎は微動もしない。

一方、小泊はわずかに平衡《へいこう》を失う。

機を逃さず、滑るように身を寄せた。

「ふん」

中段の突きから払いに転じ、小泊の右小手を断つ。

「ぐえっ」

真っ赤な手を胸に抱え、腐れ同心は蹲った。

慎十郎は一歩近づき、上からみおろす。

「三遍廻って、わんと吠えるか」

「……ほ、吠えたら……み、見逃してくれるのか」

「見逃すはずがあるまい」

慎十郎の突きだした白刃は、小泊の左胸を貫いている。

「ひえっ」

後ろで、誰かが叫んだ。

肥えた町人が、船首のほうへ逃げていく。

悪の元凶、升屋伝兵衛であった。

「助けてくれ、頼む」

船頭に縋《すが》っても、助けてくれるはずはない。

慎十郎は鬼と化し、升屋のもとへ近づいていった。

「……ま、待て。はなせばわかる。のう、一千両でどうだ。それで手を打たぬか」

「悪党はみな、金ではなしをつけたがる。されどな、世の中には金で転ばぬ者もいる」

「……き、きれいごとを抜かすな。おぬしとて、可愛いおなごを侍らせ、美味いものを食べたかろうが」

「いいや、悪党の施《ほどこ》しは受けぬ」

さらに身を寄せると、升屋は船首にしがみつく。

そして、川に滑りおちていった。

「うわっ、助けてくれ」

慎十郎は船首に取りつき、身を乗りだす。

升屋は川面に浮きつ沈みつし、やがて、浮かんでこなくなった。

「呆気《あっけ》ない幕切れだな」

船頭たちはおもいだしように棹を操り、壊れた屋形船を岸辺へ寄せていく。

幇間や芸者たちも、無言で船に揺られていった。

みな、三人が悪党であることはわかっている。

それゆえ、慎十郎のことを恐れてはいない。

世直し侍にちがいないとおもっていた。

陸へあがり、重い足を引きずった。

どうにか、下谷広小路まで戻ってくる。

夜桜見物から帰る客たちで、往来は埋まっていた。

中御徒町へ差しかかると、卯之吉と乳飲み子を抱いたおつうがやってきた。

おみわと菊麿も慎十郎のすがたをみつけ、手を振りながら近づいてくる。

四人の後ろでは、弁天屋のおときが笑っていた。

おときの隣には、四六屋太郎左衛門の顔もみえる。

「毬谷さま、四六屋さんが、ありがたいはなしをお持ちくださいました」

おみわが泣き笑いの顔で言った。

「ありがたいはなしとは、何であろうな」

おときが、後ろから追いついてくる。

「親父さんの絵が売れたのさ。四六屋の旦那が、親父さんの取り分を携えてきてくれてね。それがいくらだとおもう」

「さあ」

首を捻ると、おときはお歯黒の塗られた前歯を剝いた。

「六百五十両だよ」

「えっ」

「おみわの身請代に利息をつけてもおつりがくる」

「と、いうことは」

「おまえさんの借金は、きれいさっぱり無くなった。まったく、不思議な因縁だよ。呑んだくれの父親が、死ぬまえにひとつだけ娘のためによいことをした。これもきっと、神仏のお導きだね」

おみわは父親のことをおもいだし、しくしく泣きはじめる。

慎十郎も感極まり、頰を涙で濡《ぬ》らした。

「でかいくせに泣くんじゃないよ。ほら、今から上野へ繰りだすよ。お重をつくったからね、辛気《しんき》臭い顔はよして、喪明けの夜桜見物を楽しもうじゃないか」

威勢のよいおときの掛け声が、重い気持ちを少しだけ解きはなってくれる。

慎十郎たちは人の流れに逆らって、全山桜で満開となった上野の山をめざした。

秘剣つり狐

一

花散らしの風が吹けば、夏はすぐそこに迫っている。

鉄炮洲沖や品川沖では鱚《きす》や鰈《かれい》の釣果《ちょうか》が聞こえ、向両国《むこうりょうごく》では晴天十日の勧進相撲《かんじんずもう》もはじまった。

慎十郎は弁天屋を離れ、無縁坂下の丹波道場へ戻っている。

咲に縁談が舞いこんだ噂《うわさ》は真実であったが、相手の左合一馬にはまだ色よい返事をしていない。仲立ちの役を担った千葉周作もさほど執着はしておらず、期限を切っているわけではなかった。そうはいっても相手のあることなので、いつまでも返事を延ばすわけにはいかない。

やきもきしているのは、咲本人よりも一徹のほうだった。

早くはなしを受けろとせっつき、嫁に出したがっている。

肝心《かんじん》の咲は嬉《うれ》しいのかどうかもよくわからず、どちらかといえば戸惑っている様子だった。

慎十郎はといえば、できるだけ咲と顔を合わせないようにしていた。

内心の動揺を悟られたくないからだ。

あいかわらず、稽古《けいこ》もつけてもらえぬし、一徹からは雑用ばかり押しつけられるものの、高利貸しや廓《くるわ》の用心棒になることをおもえば、まったく苦にはならなかった。

宙ぶらりんの日々を送るなか、長兄の慎八郎が龍野から江戸にやってきた。

十も年の離れた長兄は生一本《きいっぽん》の忠義者、豪快《ごうかい》で荒削りな三男坊の慎十郎とは相容《あいい》れぬ性分で、頑固な父によく似ていた。藩の御番組頭をつとめていたはずだが、幕府から仰せつかった川普請《ぶしん》の差配役として江戸表に呼ばれたのだという。

そうした経緯《いきさつ》を教えてくれたのは、幼馴染《おさななじ》みの石動友之進だった。

友之進は秘《ひそ》かに咲を恋慕《れんぼ》しているが、おくびにも出さない。慎十郎は感づいているものの、咲と友之進がいっしょになることなど考えたくもないので、敢《あ》えて話題にしなかった。

咲に縁談が転がりこんで以来、友之進は何かにつけて道場へやってくる。

昨日も一昨日《おととい》も長兄のことを伝えにきたし、今日はついに本人を連れてきた。

慎八郎は礼を尽くすべく裃《かみしも》を纏《まと》い、手土産《てみやげ》まで携えている。

冠木門《かぶきもん》から内へはいらず、出迎えた一徹と咲に深々とお辞儀《じぎ》をしてみせた。

「不束者《ふつつかもの》の弟がお世話になっておりまする。丹波道場のご高名は、国許《くにもと》でも聞きおよんでおりました。父も丹波一徹さまのお名を耳にすると、胸を患《わずら》って病床にあるにもかかわらず、しゃんと襟《えり》を正します。一度手合わせ願いたかったと、常日頃から申しておりました」

「さようでござるか。いや、こちらのほうこそ、毬谷慎兵衛どのには一手指南をお願いしたい。病が癒《い》えるのを願うばかりじゃ」

「あたたかいおことばをいただき、恐悦至極《きょうえつしごく》にござります」

「さあ、固い挨拶《あいさつ》はそのくらいにして、なかへはいられい。慎十郎も首を長うして待っておる」

「されば、失礼つかまつる」

慎八郎は一徹に誘われ、敷居をまたいだ。

後ろから、友之進が殊勝な顔で従《つ》いてくる。

国許にあったときは剣術の手ほどきを受けていたので、長兄のことを今も「小先生」と呼んでいた。

慎十郎は表口の手前に佇《たたず》み、自分よりも首ひとつ小さな長兄を迎えた。

気恥ずかしいのか、おたがいに懐かしい顔ひとつせず、仏頂面をきめこんでいる。

濃い墨で書いたような眉《まゆ》といい、ぎょろりとした目といい、高い鼻や薄い唇といい、顔のつくりはよく似ているのだが、兄弟だと言われてもすぐにはわからない。一方は生真面目《きまじめ》で几帳面《きちょうめん》、一方は無鉄砲でずぼら、そういった性分のちがいが面にあらわれているのだろう。

「兄上、お久しゅうござります」

「おう」

「こたびは藩のお役目とのこと、ご滞在はどのくらいで」

「来たばかりだというのに、もう帰りのことを聞くのか」

「いえ、そういうつもりでは」

「まあ、長くて半月といったところであろう」

「そんなに」

と、うっかり漏らしてしまう。

「わしが江戸におると、何か都合のわるいことでもあるのか」

「いいえ」

本音を言えば、国許にしっかり腰を据《す》え、父の面倒をみていてほしかった。

だが、兄のせいではない。藩の役目とあれば、致し方のないことだ。

「さあ、立ち話はそのくらいにして、道場のなかへ」

一徹が慎八郎の背中を押す。

咲が貰《もら》った土産は、龍野名産の薄口醬油《しょうゆ》であった。

「かたじけのう存じます」

などと、すました顔で礼を言ってはいるが、料理をつくるのは慎十郎だ。

龍野の醬油を使って、蓮根《れんこん》と牛蒡《ごぼう》と芋とで煮物でもつくってやるか。

慎十郎は胸につぶやきつつ、渋い顔になった。

国許でも料理番だった。煮物を美味《うま》そうに食べてくれた父の顔をおもいだすと、泣きそうになってくる。

一徹は慎八郎と客間で対座し、興味半分に尋ねた。

「兄と弟、申しあいをしたら、どちらが強いのでござろうか」

「それはまちがいなく、小先生……あ、いや、慎八郎さまにござります」

即答したのは、友之進だ。

「わが藩の文武稽古所である敬楽館において、それはもう通説になっております。毬谷三兄弟の長兄たる慎八郎さまは、寡黙《かもく》の剣を使って向かうところ敵無し。あらゆる剣技に精通する次兄の慎九郎《しんくろう》さまは、柳のごときしなやかな剣を使って先生や小先生をもしのぐ実力。三男の慎十郎はどう足掻《あが》いても、ふたりの兄にかなわぬと」

「どうかな」

疑ってみせたのは、兄の慎八郎であった。

「友之進も聞いたことがあろう。三兄弟のなかで図抜《ずぬ》けた資質を備えておるのは慎十郎だと、父はいつも仰せであった。されど、資質に優れた者が大成するとはかぎらぬとも仰《おっしゃ》った。むしろ、おのれの力を過信し、凡庸《ぼんよう》な剣士になる公算が大きいとな。こやつは一年前に故郷を捨てた。おぬしも知ってのとおり、藩に籍があったころは札付きの厄介者《やっかいもの》だった」

酒に酔って城の大手門前で素っ裸になり、歌って踊って莫迦《ばか》騒ぎをやらかしたあげく、藩より謹慎《きんしん》の命を下された。にもかかわらず、家から抜けだし、呑《の》み代を稼ぐために畿内《きない》一円を経巡《へめぐ》って道場破りをやらかした。

「しかも、邪道の雖井蛙《せいあ》流まで修めておったがゆえ、父は勘当を申しわたしたのだ。身ひとつで出ていけばよいものを、こやつは家を飛びだす際、父が家斉公から頂戴《ちょうだい》した藤四郎吉光を盗んでいきおった」

慎十郎は開きなおったように、鼻の穴を穿《ほじ》る。

「兄上、あいかわらず、はなしがくどうござる」

「何だと。わしは父から、江戸表に行くなら、おぬしを成敗してこいと命じられてきたのだぞ」

「されば、そういたせばよろしかろう」

突如、兄弟のあいだで殺気が膨《ふく》らんだ。

一徹が白髪を振り、慌てて仲裁にはいる。

「まあまあ、ここはわしの道場ゆえ、勝手なことをされても困る」

「は、これはご無礼いたしました」

すぐさま、慎八郎が床に平伏した。

「いや、そこまでなさることはない。さ、お手を」

慎八郎が手をあげると、一徹は快活に喋《しゃべ》りはじめた。

「慎八郎どの、弟御について、とある剣客が申しておった。『あの者は負けを認めればさらに強くなる』とな。弟御は江戸の名だたる道場で道場破りを敢行し、一時は負け知らずと持ちあげられ、天狗《てんぐ》になっておった。されど、斎藤弥九郎の営む練兵館で咲に負け、直心影流の男谷精一郎と対する機会を得たにもかかわらず、まったく歯が立たなかった。そして、悟ったのじゃ。負けを認めることの辛《つら》さをな。それゆえ、これからの修行次第では、ものになるやもしれぬ。父御には、そうお伝え願えぬか」

いつも憎まれ口ばかり叩《たた》いているというのに、今日の一徹はやけに優しい。

慎十郎は、何か企てでもあるのではないかと疑った。

一方、長兄の慎八郎は感銘したようにうなずいている。

「なるほど、負けを認めればさらに強くなるとは、金言にございますな。剣客とは、どなたのことにございましょう」

「玄武館館長、千葉周作じゃよ」

「まことにございますか」

慎八郎は驚き、嬉しそうに眸子《まなこ》を細める。

「天下一の剣豪との呼び名も高い千葉先生に、さようなありがたいおことばをいただくとは、こやつめ、幸せ者にございます」

「まあ、それほど大袈裟《おおげさ》なはなしでもない。ほかの用事のついでに言うておっただけのことでな」

ついでにされた。ほかの用事とは、咲と左合の縁談にちがいない。

慎十郎は悲しすぎて、がっくり肩を落とす。

慎八郎は安堵《あんど》したのか、夕餉《ゆうげ》を断って暇《いとま》を告げた。

咲と別れるのが辛そうな友之進をともない、道場から去っていく。

しばらく経《た》ってからも、一徹はしきりに感心していた。

「立派な心根の持ち主じゃ。おぬしとは大違いじゃな」

「むかしから、そう言われております」

「何処《どこ》の家も長兄は辛い。折り目正しく、しっかりしてみせねばならぬ。周囲も、それを求めるからのう。長兄にくらべて、三男坊は気楽なものじゃ。門弟もおらぬ道場に居候《いそうろう》して、日がな一日鼻の穴でも穿ってればよいのじゃからな」

「へえへえ、仰るとおりでござんすよ」

「ふざけたやつめ。慎八郎どのは弟のおぬしを案じて、わざわざ足労なさったのじゃ。少しはありがたいとおもえ」

一徹に言われずとも、慎十郎には兄の気持ちがよくわかる。

御下賜《かし》の刀に触れつつも、奪いかえそうとはしなかった。

最初から、父の形見分けだと考えているのだ。

剣の資質をおもう存分、何処までも伸ばしていけと言われているようで、身が引き締まるおもいだった。

「ところで、慎八郎どのは独り身か」

一徹に問われ、慎十郎はうなずいた。

少なくとも、一年前までは独り身だった。

色恋とは無縁の長兄だけに、周囲が突っつかねば嫁取りはすまい。

何となく焦りを感じるのは、やはり、弟だからであろうか。

自分のことは棚にあげ、兄には一刻も早く所帯を持たせたいと、慎十郎は心の底から願った。

二

翌日、兄の慎八郎から使いが来て「御下屋敷へ足労せよ」という言伝を残していったので、嫌々ながらも芝口の龍野藩下屋敷へ向かった。

訪ねてみると兄みずから表口で出迎え、中庭のみえる部屋へ連れていかれる。

部屋には友之進も控えており、しばらく待っていると、江戸家老の赤松豪右衛門があらわれた。

下屋敷だけに寛《くつろ》いだ着流しだが、白髪には鬢付《びんつ》け油を塗りたくっている。

「おう、来たか」

豪右衛門は上座に落ちつくなり、眉尻《まゆじり》を下げて微笑《ほほえ》んだ。

「わが殿からおぬしらに、直々の命じゃ。心して聞くがよい」

「はは」

平伏した隣の兄にならって、慎十郎も畳に両手をつく。

「毬谷兄弟に御前試合を命じる。期日は十日後、下屋敷の広縁にて催すゆえ、しかと心得ておくように」

豪右衛門はしかつめらしく命を伝え、くだけた口調になった。

「兄弟同士で竹刀を闘わせる好機じゃ。どちらが強いかみてみたいと、殿も仰せでな。どうした、ふたりとも浮かぬ顔をしおって」

「いいえ、お命じとあらば喜んで挑む所存でござります」

と、兄は忠臣《ちゆうしん》顔で応じる。

「されど、勝敗はすでに決しておりますれば、はたして、殿にお楽しみいただけるかどうか、いささか案じておりまする」

「勝つのは兄のおぬしじゃと申すか」

「はい」

「さすが毬谷家の長兄、揺るぎなき自信よの」

兄のしたり顔に、むかっ腹が立った。

豪右衛門が笑いながら、焚《た》きつけてくる。

「ふふ、ああまで言われて口惜《くちお》しゅうはないか。慎十郎よ、修行の成果を存分にみせつけてやるがよい」

「かしこまりました。けっして、兄などには負けませぬ」

一年の江戸暮らしで自分は変わった。さまざまな人々と触れあい、辛酸《しんさん》もなめ、以前のような無鉄砲な愚か者ではなくなった。

闘えば勝てる自信はある。国許で燻《くすぶ》っている兄なんぞに負けるはずがない。

しかし、こんなふうに心を乱されたことこそが、兄の術中に嵌《は》まっている証拠なのかもしれない。

慎十郎は怒りのさめやらぬまま、兄とはことばも交わさずに屋敷を辞去した。

さきほどのやりとりがおもしろかったのか、友之進が楽しげに屋敷の外まで見送ってくる。

「大見得《おおみえ》を切りおって。小先生に勝つ自信があるのか」

自信なら、いつもあった。だが、挑むたびに跳ね返された。

兄たちは慎十郎にとって、いつも高い壁でありつづけたのだ。

兄たちに勝ちたいという一念が、負けず嫌いの性分を育んだといっても過言ではない。

「嫌なら、替わってやろうか」

「黙れ」

「くく、意地になりおって」

ふたりは肩を並べてしばらく歩き、芝口橋の手前までやってきた。

立夏というだけあって、白昼の日差しは眩《まぶ》しい。

「さればな」

別れようとしたそのとき、すぐそばで悲鳴があがった。

「ぎゃっ」

ひとりの編笠侍《あみがさ》が倒れ、別の編笠侍が風のように橋を渡っていく。

人斬《ひとき》りだ。

「待て」

友之進が駆けだし、斬ったほうの侍を追いかけた。

慎十郎は倒れたほうに駆けより、肩を抱きおこす。

「おい、しっかりしろ」

侍は脾腹《ひばら》を刳《えぐ》られており、すでに虫の息だった。

それでも眸子《みは》を瞠り、震える手で文を渡そうとする。

「……こ、これを……お、大目付の……た、高山《たかやま》さまへ」

「渡せと申すのだな」

「……ど、どうか……ご、ご内密に」

ぶっと血を吐き、ことされてしまう。

齢《とし》は三十五前後、素姓は大目付の密命を帯びた隠密《おんみつ》といったところか。

「くそっ、逃げ足の速いやつだ」

友之進が戻ってきたので、慎十郎はすかさず文を袖口《そでぐち》に隠す。

男が漏らした「ご内密に」という台詞《せりふ》が耳に残っていたからだ。

「逃したのか」

「ああ、そっちは」

「こときれおった。抜き胴の一刀だ」

「手練《てだれ》だな。しかも、大胆なやつだ。何せ、白昼堂々、これだけの人がいるなかで殺しをやってのけるのだからな。ところで、いまわに何か言い遺《のこ》さなかったか」

「いいや、何も」

慎十郎は惚《とぼ》け、後始末を友之進に託してこの場を離れた。

そして、日本橋の口入屋《くちいれ》で武鑑《ぶかん》を借りて「高山」なる大目付の素姓を調べたところ、高山監物《けんもつ》という家禄《かろく》三千五百石の大身《たいしん》旗本らしいとわかった。

さっそく、その足で駿河台《するがだい》の自邸へ向かったのである。

預かった文の中身に興味はない。いまわの頼みは聞かねば罰が当たると信じているので、頼まれたとおり、大目付へ直《じか》に渡すだけのことだ。

高山邸はすぐにわかった。

錦小路《にしきこうじ》沿いの御濠《おほり》側にある。

門番に事情を告げるとしばらく待たされ、古手の用人が案内にやってきた。

玄関脇《わき》の控えの間に通されたが、茶も出てこない。

さきほどの古手があらわれ、託された文を預かるというので、直にお渡ししたいと断った。

それから、およそ半日は待たされたかとおもう。

ようやく、高山は千代田城から戻ったらしく、着替えを終えてすがたをみせた。

還暦を過ぎた大柄な人物で、面相は深海を泳ぐ魚に似ている。

「大目付の高山監物である」

「はっ、播州浪人、毬谷慎十郎にござります」

「浪人か」

「はい」

「本来なれば取りあわぬところじゃが、そちの申したはなしは真実らしい。たしかに、わしの放った隠密がひとり、芝口橋の手前で斬殺《ざんさつ》されておった。して、いまわに託された文とは」

「これに」

「近う」

「はっ」

中腰で上座に近づき、血のついた文を手渡す。

高山は文を開き、ざっと目を通した。

「ふうむ。なるほど、そういうことか」

じっくりうなずき、慎十郎を三白眼に睨《にら》む。

「おぬし、この文を読んだか」

「いいえ」

「まことか」

「まことにござります」

「何故《なにゆえ》、読まなんだ。隠密に託された文なら、読みたいとおもうのが常であろう」

「別に読みたいともおもいませなんだ。それがしはただ、いまわに託されたことをなそうとしたまで」

「ほう、見上げた心構えじゃ。のぞみは仕官か」

「いいえ」

「されば、報償か。いくら欲しい」

「金などいりませぬ。役目は果たしましたゆえ、これにて暇させていただきとうござります」

高山は腕を組み、眉間《みけん》に皺《しわ》を寄せた。

「わからぬ」

「何がでござりますか」

「おぬし、播州の出と申したな。国許では何処かの藩に籍があったのか」

「龍野藩に仕えておりました」

「ほう、さようか。それで、芝口におったのだな」

「それが何か」

「いや、よいのだ。去りたければ去るがよい」

「それでは、失礼いたしまする」

慎十郎はお辞儀をし、主人よりもまえに部屋を退出した。

屋敷から出てしばらくすると、誰かに尾《つ》けられているような気がしたので、何度か振りかえってはみたものの、それらしき人影はない。尾けられるおぼえはないし、気にも掛けずに丹波道場へ戻った。

そして、夕餉を済ますころには、大目付や隠密のことは頭から消えていた。

三

翌日は朝未《まだ》きから一徹に起こされ、沖釣りにつきあわされる羽目になった。

眠い目を擦《こす》って小舟で向かったさきは、刑場のある鈴《すず》ヶ森《もり》の沖合一里ほど、柾木沖《まさきおき》の浅瀬だった。

「三《み》ヶ崎《さき》じゃ」

俗に「烏賊藻《いかも》」とも呼ぶ穴場らしく、一尺余りの大鱚が釣れるという。

途中で日の出を迎えたので、曙光《しょこう》の煌《きら》めく蒼海《そうかい》をゆったり漕《こ》ぎすすんだ。

柾木沖の穴場に着いてみると風は無く、凪《な》ぎわたった海面に魚影はない。

この時季の鱚は産卵のために浅瀬へ近づいてくるのだが、少しでも舟影が揺れれば気づかれてしまう。高下駄を履いて海に浸《つ》かり、立ちこみ釣りなどをおこなう者も多かったが、水はまだ冷たいので長時間の釣りには向いていない。

周囲には何艘《そう》かの小舟が浮かんでいた。

「みんな穴場をよう知っとる」

鱚は口の小さな魚なので、狐針《きつねばり》という鉤《かぎ》の小さな針で釣る。

竿《さお》は長めの延竿《のべざお》、餌《えさ》はごかいで錘《おもり》は軽く、浮子《うき》は棗《なつめ》を使う。

すべて、太公望《たいこうぼう》を自負する一徹が選んで用意したものだ。

慎十郎は片手で舵《かじ》を、もう片方の手で竿を握った。

潮の流れに舟を流し、釣り糸が斜めにならぬようにする。

それがなかなか難しく、すぐさま額に汗の玉が浮いてきた。

一徹は日差し避《よ》けの菅笠《すげがさ》をかぶり、端唄《はうた》を口ずさみながら釣り糸を垂れている。

「石動友之進に聞いたぞ。兄と一手交えるそうではないか」

「殿の御命ゆえ拒めず、困っております」

「何を困ることがある。もしや、勝つ気がせんからか」

「いいえ、そういうわけでは」

「強がりを言わずともよい。おぬしを沖釣りに誘うたのは、兄に勝たせてやるためよ」

「えっ」

「一手指南して進ぜよう」

「今でござるか」

「さよう、今じゃ。今まさに、教えておる」

「はあ」

惚《ほう》けた顔を向けても、一徹は釣り糸を垂れたまま、じっと浮子をみつめている。

「鱚が食いつけば、釣り糸がぶうん、ぶうんと唸《うな》る。糸鳴《いとな》りと言うてな、それを聞いた刹那《せつな》における竿の扱いが奥義《おうぎ》に通じるのじゃ」

「なるほど。されば、目を皿のようにしてみておかねばなりませぬな」

喋りを止《や》め、しばらくじっと浮子をみつめていたが、いっこうに魚信《あたり》はない。

「じつはの、おぬしにひとつ相談がある」

おもむろに、一徹が喋りはじめた。

「あらたまって何でしょう」

「されば、言おう。養子にならぬか」

「えっ」

「しっ、声が大きいぞ。今ので鱚は逃げおった」

「最初から、おらぬのでは」

「うるさい。わしを信じぬのか」

一徹は怒ってみせたあと、淋《さび》しげにつぶやく。

「咲を嫁にやろうとおもう。千葉周作の連れてきた相手のもとにな。そうなれば、丹波道場を継ぐ者がおらぬようになる。そこで、おぬしに白羽の矢を立てたのじゃ。養子になれば、一子相伝の秘技を教えるぞ」

「花散らしにございますな」

千葉ですら恐懼《きょうく》する秘技らしく、咲もまだ伝授されていない。

剣術の道を突きすすむ者であれば、垂涎《すいぜん》の申し出かもしれなかった。

だが、慎十郎は即答できない。

まず、咲をあっさり嫁にやると言いだした一徹の気持ちがわからない。

つぎに、後継者を手近にいる者で済ませようとする安易さが気にくわない。

そもそも、丹波道場にはひとりも門弟がおらず、看板がないも同然なのだ。

しかし、即答できぬ理由はもっとほかにあるような気がしてならなかった。

「何を戸惑《とまど》うておる」

「ちと、時をいただきとう存じます」

「生意気に、こたえを延ばすと申すのか」

「よいではありませぬか。気長に待たねば、魚は釣れませぬぞ」

「ふうむ、釈然《しゃくぜん》とせぬが、まあよかろう」

突如、糸鳴りが聞こえた。

と同時に、一徹はつんと小手先で竿をあげる。

「食ったぞ、なはは」

笑いながら糸を引くと、大ぶりの鱚が海面に跳ねた。

慎十郎はたも網《あみ》を持ち、獲物を掬《すく》いあげる。

一徹が釣りあげたのは、虎鱚《とらぎす》だった。

鯊《はぜ》に似た黒白の虎斑《こはん》が腹にある。

「みたか。これぞ、つり狐よ」

反動をつけずに小手先で得物を持ちあげ、先端で相手の喉《のど》を突く。

たしかに、意表を衝《つ》く技かもしれない。

「手首の使い方に妙味がある。これを教えるために、おぬしを誘うたのじゃ」

やけに嬉しそうな一徹の様子を、慎十郎は冷めた目で眺めた。

「どうした、浮かぬ顔をしおって。自分だけ釣れぬのが口惜しいのか」

「いいえ、ちと考え事をしておりました」

「考え事」

「はい。左合一馬どのと、一手交えたく存じます」

「何のために」

「咲どのは仰いました。自分より弱い相手のもとには嫁《とつ》がぬと」

「たしかに、あやつは日頃からそう公言しておるな」

「聞けば、左合どのとは互角とか」

「いいや、わしがみるに、左合どののほうがお強い」

それを聞いて、慎十郎は眸子を剝《む》いた。

「贔屓目《ひいきめ》にございます。咲どのを早く嫁がせたい気持ちが、そうおもわせるのでござろう」

「おぬし、何が言いたい」

「それがしは一度、咲どのに負けております。左合どのがそれがしに負ければ、左合どのも咲どのに負けたことにはなりませぬか。ふむ、われながら妙案かもしれぬ。さっそく玄武館へおもむき、申しこんでみましょう」

「ふん、勝手にいたせ。どうせ、おぬしは左合どのに負ける。鱚一尾釣れぬ男に、咲が釣れるはずはない」

「別に、咲どのを釣りたいわけではござらぬ」

むきになって応じたそのとき、糸鳴りが聞こえてきた。

慎十郎はさきほど目に留めた要領で、つんと竿をあげる。

「食った」

慎重に糸を引き、たも網で得物を掬う。

虎鱚だ。

一徹のよりも大きい。

「ぬはは、ご覧あれ、大きいのを釣りあげましたぞ」

「ふん、まぐれじゃ」

一徹は不機嫌に言いはなち、じっと自分の浮子を睨む。

それから半日は粘ってみたものの、釣果は得られず、ふたりを乗せた小舟は波の少し出てきた穴場から離れていった。

四

二尾の虎鱚を唐揚《からあ》げにし、咲も入れて三人で美味《おい》しく食べた。

船上での会話はいっさい口にせず、翌夕、慎十郎は神田のお玉《たま》ヶ池《いけ》にある玄武館へ向かった。

千葉周作との申しあいを望み、何度となく訪れたところだ。

来るたびに断られてきたので、良い印象はない。

お玉ヶ池に池はなく、稲荷明神だけが近くにあった。

道場へ向かうまえに参拝する習慣なので、いつもどおりに足を向ける。

すると、おもいがけず、参道を歩く左合一馬の後ろ姿を見掛けた。

「あっ」

声を掛けようと近づいたが、左合は足早に神社の裏手へ抜け、松枝町《まつがえ》を突っ切って神田川の土手へ向かう。

新《あたら》シ橋の舟寄せで小舟を拾ったので、慎十郎も少し遅れて別の小舟を仕立てた。

「前の舟に従いてくれ」

船頭に指図し、気取られぬように船尾を追走させる。

二艘の小舟は神田川から大川へ漕ぎだし、川面《かわも》に映った橋影に沿って東へ進み、竪川へ鼻先を捻《ね》じいれた。

一つ目、二つ目、三つ目と橋の下を通過し、新辻《しんつじ》橋の手前で左手の横川へ折れる。

さらに北上して降りたところが、法恩寺《ほうおんじ》橋の舟寄せだった。

夜鷹《よたか》の会所がある吉田《よしだ》町の一隅に、黒塀の仕舞屋《しもたや》が軒《のき》を連ねている。

左合は迷うこともなく、そのうちの一軒へ近づき、何やら秘密めいた様子で戸を敲《たた》いた。

待っていたかのように戸が開き、白い顔の艶《なま》めかしい年増《としま》が顔を出す。

しかも、左合を抱きよせ、長々と口を吸った。

慎十郎は物陰から首を伸ばし、眸子を貼《は》りつける。

やがて、ふたりは家の内へ消えていった。

ただならぬ仲であることだけは容易にわかる。

「許せぬ」

慎十郎は吐きすて、血が滲《にじ》むほど唇《くちびる》を嚙《か》みしめた。

惚《ほ》れあった相手がいるにもかかわらず、別の相手に縁談を申しこむなど、あってはならぬことだ。

咲を虚仮《こけ》にするようなら、左合を斬ってすててもよいとおもった。

じっと待ちつづけたが、夜更けになっても出てくる気配はない。

今宵《こよい》は泊まりなのだろうとあきらめ、暗い露地を戻りはじめた。

「ちょいと、お兄さん」

柳の木陰から、菰《こも》を抱《かか》えた夜鷹が声を掛けてくる。

骨張った手を払いのけ、横川に沿って南へ歩いた。

途中で何者かの気配を察し、小走りになった。

それでも気配はまとわりついてくるので、ひとつさきの露地をひょいと曲がって身を隠す。

追いかけてきた跫音《あしおと》が、すぐそばでぴたりと止まった。

「ぬおっ」

辻陰《つじかげ》から飛びだし、刀の柄《つか》に手を添える。

相手も身構えたが、抜刀まではしない。

三十前後の月代侍《さかやき》だった。

慎十郎は刀を抜き、間合いを詰める。

相手も抜いたが、手練とはほど遠い。

「うりゃ……っ」

慎十郎は気攻めに攻め、怯《ひる》んだ月代侍の刀を払うや、柄頭を額に打ちこんだ。

「くっ」

相手は白目を剝《む》き、尻餅《しりもち》をついてしまう。

慎十郎は納刀して近づき、小柄を抜いて首に押しつけた。

覚醒《かくせい》した相手は、命だけは助けてほしいと目顔で訴える。

「おぬし、名は」

「……な、梨元銑四郎《なしもとせんしろう》」

「誰の命で尾けておった」

「……お、大目付の」

「高山さまか」

必死にうなずく梨元は、高山家の用人らしかった。

「何故、わしを尾ける」

「岡野《おかの》益三《ますぞう》のいまわに立ちあい、文を預かってまいったからだ」

「斬られた隠密は、岡野益三と申すのか」

「そうだ」

「わしは岡野どのから文を託された。親切心から、わざわざ届けてやったのだぞ」

「文には、龍野藩の抜け荷について綴《つづ》られておった」

「何だと」

どうやら、大目付は隠密の岡野に命じて、三月ほどまえから龍野藩の内情を探らせていたらしい。

「三月もまえから」

「ああ」

文に書かれてあったのは、抜け荷がおこなわれる日時と場所だった。瀬戸屋《せとや》勘十《かんじゅう》なる御用達《ごようたし》の廻船《かいせん》問屋が龍野藩の重臣と結託し、不正な利益をあげている疑念ありとの内容だ。

「さような重大事を、どこの馬の骨ともつかぬ浪人者に託すか。元龍野藩のおぬしが届けてくるというのは、どう考えてもおかしかろう」

罠《わな》かもしれぬと疑念を抱いた大目付の高山に命じられ、用人の梨元は慎十郎を張りこんでいたらしかった。

「いつからだ」

「おぬしが高山さまの御屋敷を去ったあとからだ。沖釣りには従いていけなんだが、鱚の唐揚げを食ったのは知っておるぞ。ふふ、わしは剣術は駄目だが、尾行は得手でな。気配を殺して木や壁になることができるのだ」

自慢げに言われても褒《ほ》める気はしない。気づけなかった自分の不甲斐《ふがい》なさに腹が立つだけだ。

「それで、悪事に手を染めた龍野藩の重臣とは誰なのだ」

「わからぬ。岡野はそれを探っておった」

「抜け荷の品とは何だ」

「高価な玳瑁《たいまい》や唐渡りの薬種らしいが、詳しいことはわからぬ」

「信じられぬな」

「世の中、信じられぬことは山ほど多い。大目付の関心は、抜け荷が藩ぐるみでおこなわれているかどうかだ」

慎十郎は驚いた。

「まさか、龍野藩の殿さまは老中だぞ」

「老中だろうが何だろうが、大目付に関《かか》わりはない。悪事をはたらいた藩は潰《つぶ》す。それだけのはなしだ」

本来なら潰す側に立つ幕閣の老中が、常のように潰される危うさを孕《はら》んでいる。どぶ板一枚下は地獄ということばを、慎十郎はおもいだした。

「抜け荷の日時と場所は何処だ」

「おぬし、まことに文を読んでおらぬのか」

「おらぬから聞いておる」

「やはり、おぬしを疑ったのは、とんだ見当違いだったようだな」

「やはりとは、どういうことだ」

「この二日ほど、おぬしを観察して疑念を抱いたのさ。こやつ、ただの間抜けではないかとな」

「抜かせ」

襟《えり》を摑《つか》んで捻《ひね》ると、梨元は息苦しそうにした。

「……は、放してくれ。文にあった日時は今夜、子《ね》ノ刻《こく》だ」

「何だって」

「あと小半刻《こはんとき》もない。文に綴られておったのは金沢八景《かなざわはっけい》のさきゆえ、今から向かっても朝になろうな」

「くそっ」

「口惜しがっておるが、向かったところで何もできまい」

「大目付の捕り方は向かうのか」

「あたりまえだ。されど、すかされるかもしれぬ。何せ、元龍野藩のおぬしが届けた文ゆえな」

「すかされたとしても、わしのせいではない。あらかじめ、敵に感づかれておったということさ」

隠密の岡野が斬られている以上、敵に気取《けど》られているのはあきらかだ。

いずれにしろ、龍野藩の危機を一刻も早く誰かに伝えねばならぬ。

伝える相手は兄の慎八郎しかおるまいと、慎十郎はおもった。

五

慎十郎への疑念は晴れても、龍野藩への疑念は晴れまい。

翌日、慎十郎は芝口の下屋敷に兄を訪ね、大目付の用人から聞いたはなしを詳細に告げた。

「莫迦者」

頭ごなしに叱責《しっせき》された理由は、斬られた隠密から託された文の中身を確かめもせず、不用意に大目付へ届けたことだ。それによって、藩が窮地《きゅうち》に陥ったらどうするのかと叱《しか》られても、慎十郎は納得できない。

「少しは機転を利かせよということだ」

「兄者に言われたくありませんな」

「何だと、口ごたえいたすのか」

兄弟喧嘩《げんか》になりかけたところへ、妙齢《みょうれい》の武家娘が楚々《そそ》とした仕種《しぐさ》であらわれた。

「こちらは、あやめどのだ」

「えっ」

ぽっと赤くなった兄の顔を、慎十郎は穴が開くほどみつめた。

紹介されたあやめは茶を運んできたのだが、こちらも頬《ほお》を桜色に染めている。

「この部屋は何やら、暑うござりますな」

慎十郎はにやにやしながら、差しだされた茶を啜る。

「これ、きちんと挨拶せぬか」

慎八郎は叱っておいて、眉尻を下げながらつづけた。

「あやめどの、これが不肖の末弟にござる」

「おはなしはかねがね、父より聞きおよんでおりまする。国許では一、二を争うほどお強いお方だとか」

「いや、それほどでも」

慎十郎は頭を掻《か》いた。

「お美しい方に褒められると、天にも昇る気分になりますな。ところで、お父上とはどちらさまで」

「あらまあ」

呆《あき》れるあやめを制し、兄の慎八郎がこたえる。

「説うておらなんだな。ここは勘定吟味役《かんじょう》であらせられる山崎掃部之介《やまさきかもんのすけ》さまの御屋敷、ご家老のご配慮により、江戸で滞在中はお世話になることと相成った。あやめどのは山崎さまのご息女であられる。失礼のないようにいたせ」

「なるほど、さようでござりましたか。ときに、あやめさまは決まったおひとでもおありか」

「げっ」

驚きの声を発したのは、兄のほうだ。

「おぬし、口を噤《つぐ》め」

慌てて言いはなつと、あやめはくすくす笑う。

「噂どおり、おもしろいお方ですこと」

あやめが丸盆を抱いて部屋をあとにすると、入れ替わりに実直そうな白髪交じりの人物があらわれた。

主人の山崎掃部之介である。

「慎八郎どの、遅うなってすまなんだ。ちと、ご家老に小言をいただいておった。で、引きあわせたいと申すのは、そちらの御仁か」

「末弟の慎十郎にござります」

「ほう、さようか。なるほど、ご家老が仰せのとおり、堂々たる風貌《ふうぼう》じゃ。いささか気性に難ありとも聞いたが、若いうちは多少の失態は許される。道場荒らしでも何でもやって、大いに弾《はじ》ければよかろう」

物わかりの良さそうな老臣なので、慎十郎は好感を持った。

兄の慎八郎は困った顔になる。

「多少の失態ならいざ知らず、じつはこやつ、とんでもないことをしでかしました」

慎十郎のはなしをかいつまんで伝えると、山崎はじっと思案顔で耳をかたむけ、おもむろに口を開いた。

「おぬしが申すとおり、大目付の捕り方は動いたのであろうよ。ただ、金沢八景のさきで抜け荷があったというはなしは聞かぬ。今の時点で大目付から呼び出しがないということは、おそらく、捕り方は何ひとつ証拠を手にできなかったに相違ない。それはそれとして、瀬戸屋の件は早急に調べてみなければなるまいな」

山崎の冷静な対応に、慎八郎はうなずいた。

「じつを申せば、瀬戸屋には川普請の件で資金繰りを頼もうと考えておりました。ついでに、探りを入れてまいりましょう」

「やってくれるか」

「はっ、お任せを」

そうしたやりとりを、弟の慎十郎は不思議そうに聞いていた。

「さればな、ゆるりとしていくがよい」

山崎は忙《せわ》しなく去り、兄弟だけが部屋に残される。

「あの、それがしは何をすれば」

尋ねた途端、兄からぴしゃりと命じられた。

「金輪際《こんりんざい》、おぬしは関わるな。丹波道場で謹慎しておれ」

「はあ」

とりあえずは諾《だく》しておき、慎十郎はからかい半分に質《ただ》す。

「兄上、あやめさまとは、どういう仲でござりますか」

「莫迦者、余計な詮索《せんさく》は無用じゃ。もう帰ってよいぞ」

あやめの顔をもう一度拝んでおきたかったが、兄の怒りがおさまらぬ様子なので、
早々に下屋敷をあとにする。

芝口橋の手前まで来ると、先日の凶事が脳裏に甦《よみがえ》った。

顔をしかめ、大目付の隠密が斬られたあたりへ向かう。

片手拝みで経を唱えていると、何者かが近づいてきた。

「斬られた侍は岡野益三、大目付の隠密であったとか」

「ん、何者だ、おぬし」

撫《な》で肩《がた》の侍がお辞儀をし、丸顔に親しげな笑みを浮かべてみせる。

「拙者《せっしゃ》、大隅源弥《おおすみげんや》と申す。龍野藩勘定奉行、片平右京太夫《かたひらうきょうだゆう》さまの用人でござる」

「御勘定奉行の」

「さよう。貴殿は毬谷慎十郎どのでござるな。石動友之進どのから、貴殿の武勇伝は

いろいろと聞いてござるぞ」

友之進の名を出されたせいか、警戒は薄れた。

「武勇伝のつづきをお聞かせ願えぬか。立ち話もなんだから、ちょっとそこまでつきあってくれ」

なかば強引に誘われ、芝神明《しばしんめい》町のほうまで連れていかれた。

露地裏へ踏みこむと、洒落《しゃれ》た小料理屋がある。

まだ朝のうちだが、見世は開いていた。

「一献どうじゃ。嫌いなほうではなかろう」

大隅は勝手知ったる者のように敷居をまたぎ、顔見知りの女将《おかみ》に奥の小上がりを空けさせた。

「初鰹《がつお》は食べられたか」

「いいや」

「ならば、鰹のたたきを頼もう」

旬の飛び魚もおつくりで、茄子《なす》は味噌《みそ》田楽《でんがく》と漬け物で出された。

注《つ》がれた燗《かん》酒は伊丹産の下り物とくれば、不味《まず》いわけがない。

やがて、鰹のたたきが大皿に盛られてきた。

ひと切れ摘まんで醤油につけ、ろくに咀嚼《そしやく》もせずにぺろりと呑みこむ。

「鰹を喉越しで味わってどうする」

大隅は朗らかに笑い、醤油は龍野の薄口醤油だぞと胸を張った。

悪い男ではなさそうだ。

「じつは、剣術に習熟すべく、お玉ヶ池の玄武館に通いはじめた。おぬし、千葉周作先生とも懇意らしいな」

「懇意というほどのものではない」

千葉の名を出されて、すっかり警戒は失《う》せた。

酒量もかなりすすんだころ、大隅は酒席に誘った本題らしきことを尋ねてきた。

「石動どのが仰った。おぬし、大目付の隠密を看取《みと》ったのであろう」

「ああ、看取った」

「いまわに何か言付けられなんだか。たとえば、文を預かったとか」

「預かったとしたら、どうする」

「文の内容を知りたい」

「どうして、おぬしが」

「御奉行に報告いたせば、よりいっそう目を掛けてもらえよう」

「出世のためか」

「宮仕えの悲しさよ。わかってくれ」

　慎十郎は、ぎろりと眸子を剝いた。

「おぬしはどこまで知っておる。岡野と申す隠密は、龍野藩が藩ぐるみで抜け荷をやっているのではないかと疑っておった。おぬし、そのことは」

「大目付の怪しい動きは、御奉行から聞いて知っていた。大目付が疑いを抱いたきっかけは、抜け荷に関わったとされる者からの内通らしい」

「ずいぶんと悠長なはなしではないか。大目付の動きを知っておきながら、抜け荷の真偽を探ってみぬのか」

「探っておるさ。現にこうして、おぬしにもはなしを聞いておろう。教えてくれ、大目付が疑っておるのは誰だ」

　慎十郎は酒をくっと呷《あお》り、正直に教えてやった。

「瀬戸屋なる御用達の廻船問屋と、藩の重臣らしい」

「なるほど、瀬戸屋か。されば、藩の重臣とは誰のことだ」

「隠密もそれを知りたかったようでな」

「名は出なかったのか」

「今のところはな」

大隅は固い表情のまま、酒を注いでくれた。

「さあ、呑んでくれ。じつは、瀬戸屋が抜け荷に関わっておるという噂は、以前からあった。ひとつ探ってみよと、御奉行から命じられておるのさ」

「ふうん」

兄が世話になっている勘定吟味役の山崎掃部之介も、片平右京太夫という勘定奉行の命で動いているのだろうか。いや、そうともかぎらない。勘定吟味役は上役である勘定奉行を監視する役目も帯びているからだ。

片平と山崎の関わりが判然としないなか、慎十郎は余計なことを喋らぬように気をつけた。

それよりも、大隅に是非とも聞いてみたいことがある。

「はなしは変わるが、おぬし、玄武館に通っておると申したな」

「ああ、そうだが」

「ならば、左合一馬という水戸藩の藩士は知っておるか」

「知らぬはずはあるまい。左合は女誑《たら》しでな、陰では『海狗《かいく》腎《じん》』とか『猛《たけ》り丸《まる》』など綽名《あだな》されておる」

いずれも、精力を増強させる腎張《じんば》りの妙薬《みょうやく》だ。

「まことか、それは」

「まことだ。気に入ったおなごは、手に入れねば気が済まぬらしい。またそれを、巧みに隠す術《すべ》を心得ておる。千葉先生は勘づいておられぬようだが、わしに言わせれば厄介な男さ」

「確かなのか」

「水戸藩の上役にあたる重臣が、本所吉田町に元花魁《おいらん》の妾《めかけ》を囲っておってな、左合はその妾にも手を出しているとかいないとか」

吉田町の妾宅《しょうたく》というのは、尾けていったさきのことだ。

大隅の言うことが真実なら、左合を放《ほう》ってはおけない。

「そう言えば、千葉先生を介して町道場の娘に縁談を申しこんだと聞いた。千葉先生も存外に人をみる目がない。玄武館の屋台骨を支える水戸藩との繋《つな》がりを配慮する余り、少しばかり焦っておられるのかもしれぬ」

上等な酒が急に不味くなった。

ここからさきは、本人に確かめてみるしかない。

慎十郎は、咲を傷つけずに破談させる方法を考えていた。

許せぬ。

大隅の言ったはなしが真実ならば、左合を斬ってもよいとおもった。

六

お玉ヶ池の道場を訪ねてみると、左合は数刻前まで稽古していたという。

ぴんときた。

本所吉田町の妾宅へ向かったのだ。

急いで門を飛びだすと、千葉周作にばったり出会《でくわ》した。

「おっと、おぬしか」

「はっ」

「殺気立っておるぞ。何かあったのか」

「いいえ、何も」

丹波道場へ縁談を持ちこんだ千葉の責任は重いが、左合の正体は言うまいと固く心に決めていた。

「どうじゃ、一手指南してつかわそうか」

「まことでござりますか」

千葉から誘われたのは、はじめてのことだ。いつもの慎十郎ならば飛びあがって喜ぶところだが、今は竹刀を交えている心の余裕がない。

「申し訳ござりませぬ」

深々とお辞儀をし、後ろもみずにその場から走り去った。

おそらくは二度と、声を掛けてはもらえまい。

だが、それでもよいと今はおもう。

左合と決着をつけるほうがさきだ。

先日のように小舟は仕立てず、尻《しり》っ端折《ぱしょ》りで両国まで走った。

さらに、両国橋を一気に渡りきり、本所の竪川沿いに走りつづける。

途中で、腹の虫がぐうぐう鳴りはじめた。

陽光は中天に昇っている。

汗だくになりながら、新辻橋の手前で曲がり、横川に沿って北へ進む。

そして、吉田町の淫靡《いんび》な界隈《かいわい》を通りすぎ、黒塀の仕舞屋が軒を並べる一角へ踏みこんだ。

躊躇《ためら》いはない。

狙《ねら》いを定めた仕舞屋に近づき、拳《こぶし》を固めて戸を敲いた。

しばらくすると、戸の向こうに人の気配が立った。

「どちらさまでしょう」

不安げな女の声が聞こえてくる。

「仕出屋にございます」

裏返った声で嘘《うそ》を吐《つ》いた。

「妙ね。仕出しなんてお願いしてないけど」

そう言いつつも、女は戸をかっていた心張棒《しんばりぼう》を外す。

慎十郎は隙間《すきま》に手を入れ、すっと引きあけた。

「あっ」

棒のように佇《たたず》む女の手から、心張棒を奪いとる。

「どうした、おせん」

上がり端《はな》に、寛《くつろ》いだ恰好《かっこう》の左合があらわれた。

「うっ、おぬし、毬谷慎十郎か」

「そうだ。おぬしは何故、妾宅におる。どういうことか、説いてもらおう」

「おぬしには関わりのないことだ」

「いいや、関わりはある。丹波道場で厄介になっている者として、おぬしの所業は許せぬ。このおせんと申すおなごは上役の妾と聞いたが、真実なのか」

わずかな間があり、左合は乾いた唇を舐《な》めた。

「真実だと言ったら」

「許すわけにはいかぬ」

「咲どのに告げ口するのか」

「いいや、告げぬ。おぬしに身を引いてもらう」

左合は、にやりと笑った。

「おぬし、惚れておるのか」

「何を言うか」

「むきになったところをみると、図星らしいな。ふん、好いたおなごを傷つけたくないということか」

「どうとでもおもえ」

「すまぬが、わしはあきらめぬ。咲どのは千葉先生のお気に入りだ。千葉先生は水戸斉昭公のお気に入りでな、咲どのといっしょになれば、出世の道もひらけよう。わしが出世をすれば、咲どのや一徹どのとて幸福にすることができる。少なくとも、今の貧乏暮らしからは抜けだせるはずだ。おぬしは、咲どのを幸福にすることができるのか」

「そんなはなしは、どうだっていい。わしはな、おぬしを叩きのめしにきたのだ」

「ふうん、できるのか、おぬしに」

慎十郎は、ぎゅっと心張棒を握りしめる。

「わしの力量を知るまい」

「咲どのに柄砕きで敗れたと聞いたが」

「一年前のことさ」

「わしは咲どのより強いぞ。いつも手加減しておるからな」

やはり、斬ってもよいと、慎十郎はおもった。

だが、大小を鞘《さや》ごと抜き、壁に立てかける。

「ほう、真剣でやらぬのか」

「おぬしには、この心張棒で充分だ」

「されば、わしは真剣を使おう。おぬしを斬れば、すべて無かったことにできる」

左合は厳しい形相で、おせんに顎《あご》をしゃくった。

「わしの刀を持ってこい」

「えっ、丸腰の相手を斬るのですか」

「おなごは黙っておれ。早く刀を」

おせんは言われるがままに動き、奥の部屋から戻ってくる。

黒鞘《くろさや》に納まった三尺近い刀が、左合の手に渡った。

その間隙《かんげき》を衝《つ》くように、慎十郎は土間を蹴《け》る。

「まいる」

青眼に構えたまま、猛然と突きこんでいく。

「何の」

左合は慌てずに抜刀し、鞘を捨てると同時に、白刃を薙《な》ぎあげてきた。

――ぶん。

本気の一刀が顎を掠《かす》めた。

慎十郎は動じず、さらに間合いを詰める。

一刀で決めようとした左合は、返しの一撃が遅れた。

慎十郎はあくまでも、青眼の構えで突きこんでいく。

ただの中段突きなら、左合は躱《かわ》せたかもしれない。

慎十郎はここで、一徹に教わった「つり狐」を使った。

手首をくんと返すや、心張棒の先端がつんと持ちあがる。

持ちあがったさきに、ちょうど、左合の喉仏《のどぼとけ》があった。

「つお……っ」

気合いもろとも、突きとおす。

鈍い音とともに、骨が潰れた。

それが喉仏ならば、命はない。

だが、潰れたのは鼻であった。

咄嗟《とっさ》に角度をあげ、喉を避けたのだ。

それでも、強烈な一撃に変わりはない。

左合は昏倒《こんとう》し、土間にくずおれてしまう。

折れた鼻からは、夥《おびただ》しい血が溢《あふ》れてきた。

「見掛けのわりには軽傷だ。手当してやるがよい」

おせんという女は、憐《あわ》れみを請うような目でうなずいた。

手拭《てぬぐ》いを傷口にあてがい、必死に血を止めようと試みる。

「そやつに伝えよ。今日のことは喋らぬ。みずから千葉先生に断りを入れ、二度とわしらのまえに面を出さぬようにとな」

おせんは髪を振りみだしつつ、土間に手をついて謝った。

「……わ、わたしは、この人と別れます。この人を好きでいられなくなりました」

「勝手にすればよかろう」

慎十郎は女に背を向け、壁に掛けた大小を手に取った。

勝負は時の運、気持ちで勝っているほうが勝ちを得る。

外に出て戸を後ろ手に閉めると、腹の虫がぐうっと鳴いた。

屋台の掛け蕎麦《そば》でもたぐって帰ろうと、慎十郎はおもった。

七

三日後、灌仏会《かんぶつえ》。

一徹と咲と三人で近くの寺へ参じ、虫除《むしよ》けの札と甘茶を貰って帰ってきた。

道場にも花御堂《はなみどう》をつくりたいと咲が言ったので、門付《かどづ》けの釈迦《しやか》願人《がんにん》から牡丹《ぼたん》や卯《う》の花《はな》を分けてもらう。

ついでに鰹の切り身も安く手に入れ、昼餉は豪華な膳《ぜん》にありついた。

腹鼓《はらつづみ》を打って満足していると、友之進が血相を変えてやってくる。

「小先生が行方知れずになったぞ」

と言われても、何のことやら見当もつかない。

とりあえず、下屋敷内にある勘定吟味役の屋敷へ足労せよというので、不安げな咲に見送られ、友之進と芝口へ急いだ。

さっそく屋敷を訪ねてみると、勘定吟味役の山崎掃部之介が渋い顔で腕組みをしており、恰幅《かっぷく》のよい商人と膝《ひざ》つきあわせて密談をしている。あやめは失踪《しっそう》した兄のことが心配でたまらず、どうやら、床に臥《ふ》せっているらしい。

慎十郎に気づき、商人が顔を持ちあげた。

「おぼえておいでにござりますか。醤油問屋の播磨《はりま》屋《や》庄介《しょうすけ》でござります」

おぼえている。娘のことも知っていた。播磨屋は醤油問屋の肝煎《きもい》りをつとめる古手の御用達で、安董公とも直にはなしができるほどの信頼を得ている。だが、慎十郎にしてみれば、口うるさい家老の豪右衛門と同じような古狸《ふるだぬき》にしかみえない。

慎十郎が下座に控えると、山崎がしかつめらしく喋りはじめた。

「御家老とも相談し、おぬしに来てもらうことにした。兄の慎八郎は二日前の朝、御用達の瀬戸屋へ用談に向かったきり、行方知れずとなった。もしかしたら、凶事に巻きこまれたのかもしれぬ。そこで、おぬしに頼みがある。ここにおる石動友之進ともども瀬戸屋へ向かい、兄の行方を探してきてほしいのじゃ。だが、そのことを頼むには、身内にも秘密にしておった事情をはなしておかねばならぬ」

ぐっと前のめりになる慎十郎を、山崎がたしなめた。

「まあ、落ちついて聞け。兄が敵の手中に落ちたとはかぎらぬ」

「敵というのは、瀬戸屋のことでござりますか」

「さよう。抜け荷をやって出世した阿漕《あこぎ》な廻船問屋じゃ。されど、それを知らずに御用達にしたわが藩の責任も重い。大目付に知られれば、無論、大事になる。わが藩は何らかの罰を受けようし、殿は老中の職を解かれよう」

「お殿さまはこのことを」

「ご存じない。清廉潔白《せいれんけつぱく》であらせられる殿がお知りになれば、御自ら老中をお辞めになるであろう。そうならぬように、われらの手で隠密裡《おんみつり》に事を処理せねばならぬ。これは御家老の密命でな、じつを申せば、おぬしの兄はこの一件を探索するために江戸表に呼ばれたのじゃ」

「えっ、何故、兄が選ばれたのでござりますか」

「わしが御家老に推挙した。おぬしの兄は一見、生真面目すぎて融通が利かぬようにみえる。確かに、そういうところもあるが、誰よりも忠義に厚い。牛のごとく動きは鈍くとも、仕舞いには確実に役目をやりきってみせる。根気とやる気は誰よりもあるし、性根が据わっておる。そこを気に入ってな、できることなら、娘のあやめを貰ってほしいともおもうておるのだが、またそれは別のはなしじゃ。死んでおったら、元も子もないからな」

「山崎さま、縁起でもないことを仰いますな」

すかさず播磨屋にたしなめられ、山崎は「すまぬ、すまぬ」と慎十郎に謝った。

このような緊急時にあやめのはなしなど持ちだして、何を考えておるのだと怒りたくなる。

播磨屋がこちらに向きなおった。

「瀬戸屋は厄介な男でござります。かの者の素姓が判明する以前のはなしにござりますが、手前も大損を」

半年前、播磨屋は大坂経由で江戸へ運ぶ醤油樽《だる》を瀬戸屋の千石船で運ばせることにした。ところが、その千石船が駿河沖で時化《しけ》に遭い、行方知れずになったのである。

「積み荷の損失はすべて荷主がかぶる。それが破船《はせん》の定式ゆえ、手前は大損をさせられたのでござります」

龍野の国許で産する高級醤油は、年間総量で一万樽におよぶという。そのうちの少なくとも半分は、今も瀬戸屋の千石船が大坂経由で江戸へ運んでいた。千石船一隻が破船扱いとなれば、年間総量の一割に当たる醬油の利益が失われることになる。藩としても莫大《ばくだい》な損失だが、損失を直にかぶるのは荷主の醬油問屋なのだ。

「破船か」

「それこそが、瀬戸屋の手口なのでござります」

みずから所有する千石船が時化で座礁《ざしよう》したようにみせかけ、船ごと積み荷をごっそり奪う。しかも、積み荷の一部は玳瑁や薬種などといった抜け荷の品らしかった。

「瀬戸屋は御用達になったばかりにもかかわらず、蔵を何棟も建てております」

蔵には金が唸るほどある。悪事に手を染めぬかぎり、あれほど儲《もう》けられるはずがないと競合相手は噂しあい、羨望《せんぼう》の眼差《まなざ》しを送っているという。

「瀬戸屋は年に一度は破船をやることで知られておりました。貴重な千石船を失えば店にとっても致命傷だろうに、倒れるどころか蔵の蓄えを殖やしている」

その理由を探っていたところ、つぎつぎに怪しいことが判明してきた。

「破船したとおぼしき船は改装され、翌年には堂々と航行しているというからくりにござります。もっとも、他藩に例がないわけではない。阿漕な廻船問屋が水夫頭と結託してみせかけの破船を企てれば、莫大な利益を得ることは言うまでもございませぬ」

慎十郎は首を捻った。

「されど、瀬戸屋は龍野藩の御用達であろう。破船などという危ない橋を渡る必要があるのか」

「阿漕な手で成りあがってきた商人ゆえ、腹も据わっておるのでしょう。されど、さすがに御用達ともなれば、おおっぴらに悪事ははたらけませぬ。藩内に助力する者がいると考えるべきでござりましょう。しかも、身分の高い重臣と結託しなければ、為《な》し得《え》ぬ芸当にござります」

「重臣とは誰だ。目星はついておるのか」

「それはおそらく、大目付の隠密がもっとも知りたかったことではないかと」

「もったいぶらずに教えてくれ」

「何ひとつ証拠はござりませぬが」

そう言って、播磨屋は上座を仰いだ。

山崎は、じっくりうなずいてみせる。

「されば、申しあげましょう。それは御勘定奉行の片平右京太夫さまにござります」

片平家の用人と名乗った大隅源弥の丸顔が、脳裏に甦ってくる。

初鰹を食べさせてくれたので好印象を持った相手だ。

播磨屋に替わって、山崎が喋りはじめた。

「御奉行の動きは怪しい。ことに、この数日はな。おぬし、大目付の隠密が斬られたところに立ちあったそうじゃな」

「はあ」

「手口をみたか」

「抜き胴の一刀にござりました」

「それよ。片平のもとには、大隅源弥という心形刀流《しんぎょうとう》の手練がおる。抜き胴の大隅と言えば、わが藩で知らぬ者はおらぬ」

「まさか。大隅どのが隠密を斬ったと」

「おぬし、大隅を知っておるのか」

「隠密の亡くなった場所で声を掛けられ、初鰹を馳走《ちそう》になりました」

「浅はかであったな。敵はおぬしを取りこみ、大目付やこちらの情報を得ようとしたのじゃ」

口振りから推すと、すでに山崎は片平から疑われているらしかった。

いずれにしろ、慎十郎は自分に隙があったから声を掛けられたのだと反省した。

「大隅は片平さまの命で、隠密の口を封じたのであろう。そのことが大目付に知れたら、一大事じゃ。何せ、わが藩の重臣が命じたことゆえな。減封どころか、改易も覚悟せねばならぬわ」

山崎と播磨屋の語ったことが、今わかっていることのすべてだった。

悪事については疑わしいというだけで証拠は得られておらず、何ひとつ判明していない。

正直、頭が混乱していた。ひょっとしたら山崎や播磨屋の言うことも偽りかもしれず、誰を信じたらよいかもわからなくなってくる。

「ともあれ、瀬戸屋をあたってみるしかあるまい」

山崎はそう言い、膝を乗りだしてくる。

「どうじゃ、慎十郎。兄を救いだし、敵どもの悪事を明らかにしてくれぬか」

何故、藩に籍もない自分に頼むのか。

そうした疑念も、兄を救いださねばという気持ちに打ち消されてしまう。

「なれば、さっそく」

慎十郎は、やおら腰をあげた。

襖障子を開けると、戸際に三つ指をついている者がいる。

あやめであった。

「どうか、よしなにお願いいたします」

一方で、自分以上に、兄を恋慕する者がいる。

慎十郎は、あやめの悲痛な願いは本当であってほしいと切に願った。

八

瀬戸屋は高輪《たかなわ》大木戸跡のそば、車《くるま》町の東海道沿いにあった。

増上寺安国殿《あんこくでん》造営の際、材木を運ぶために京から牛持ちが大勢集まったので、この界隈は幕初のころ、牛町と呼ばれていた。

松並木の街道を挟んで、夕暮れの海がみえる。

大縄手のはじまりとなる砂州には船倉が何棟も築かれ、荷船が横付けにできる桟橋もあった。その多くは九州や四国の大名が所有する船倉だが、ほとんどは廻船問屋などが高い借り賃を払って借りている。

そうした船倉の何棟かを瀬戸屋も借り、自分の蔵のように使っていた。

慎十郎は瀬戸屋を堂々と訪ね、威《おど》しあげてでも兄の居所を吐かせようとおもったが、友之進に得策でないと一蹴《いっしゅう》され、夕暮れを待って船倉のほうへ足を向けた。

瀬戸屋勘十のすがたは、遠目でしっかり捉えている。

太い鬢《びん》を反りかえらせ、鰹縞《かつおじま》の褞袍《どてら》を羽織っていた。

河岸の荒っぽい連中を束ねる元締めのようでもあり、とても一藩の御用達にはみえなかった。

「相手は海千山千だ。正面から挑んでも、適当にあしらわれるだけさ」

不満げにしていると、友之進に宥《なだ》められた。

「しばらく様子を窺《うかが》ってみよう」

兄が捕らえられたとすれば、何らかの動きがあってしかるべきだ。

ふたりは幸運にめぐりあえることを信じ、辺りが暗くなるのを待った。

町木戸の閉まる亥《い》ノ刻《こく》まで船倉を見張りつづけ、さすがに何も動きはないのであきらめて出直そうとおもった。

そのとき、瀬戸屋が桟橋にあらわれた。

「怪しいな」

しばらく待つと、暗い沖合に船灯りが点灯し、荷船がやつぎばやにやってくる。

桟橋には荷役の者たちが集まり、横付けになった船から樽を降ろしはじめた。

「醬油か」

国許で見慣れていた醬油樽だと気づき、慎十郎は肩を落とす。

品川沖あたりに、大坂経由で海を渡ってきた千石船が投錨《とうびょう》しているのだ。

湾内には浅瀬が多いので、荷は小分けにして荷船で運ぶしかない。

いずれにしろ、荷の中身が醬油なら、疑念を挟む余地はなかった。

「ちと、調べてくる」

友之進は物陰を離れ、暗闇《くらやみ》に溶けこんだ。

じっと待っていると、得意満面の顔で戻ってきた。

「これをみろ」

友之進は、黄みがかったものを摘まんで翳《かざ》す。

「何だ、そのしょぼくれた根っこは」

「高麗人参《こうらいにんじん》さ」

「もしや、抜け荷の品か」

「たぶんな」

醬油樽が二重底になっており、底の蓋《ふた》を外すと、高麗人参が隙間もなく詰めてあったという。

「これひとつでも抜け荷の証拠にはなる。大目付の捕り方が踏みこむとすれば、まさに今だな」

周囲を探っても、それらしき気配はない。

「どうする」

主導権は慎十郎でなく、友之進のほうが握っていた。

「いっそのこと、沖に居座る千石船を乗っとるか」

「友之進よ、本気か」

「そんなわけがない。たったふたりで何ができる。ここはいったん退き、御家老の指図を仰ごう」

「いや、存外に妙案かもしれぬ」

「おいおい、真に受けるな」

友之進は慌てて拒もうとする。

慎十郎は頑として方針をまげない。

「荷船で向かえば、千石船にたどりつける。千石船を奪って盾に取り、兄との交換を迫るのさ。な、よい手であろう」

「無理だ。やめておけ」

縋《すが》りつく友之進を振りきり、慎十郎は闇に踏みだした。

桟橋に横付けになった荷船が一艘、ちょうど荷降ろしを終えたところだ。

ふたりは海水に膝まで浸かって迫り、気づかれぬように船尾から忍びこんだ。

じっと息を殺していると、空の荷船が静かに桟橋を離れていく。

船頭はふたり、いずれも船首寄りに位置取り、こちらにまったく気づいていない。

黙って乗っていれば、このまま親船まで連れていってくれるはずだった。

上弦の月が輝いているものの、寄せる波はけっこう高い。

慎十郎は尻を濡《ぬ》らしていた。

鼻がむずむずする。

「ふえっくしょい」

豪快にくしゃみを放った途端、船頭たちが悲鳴をあげた。

「……だ、誰だ」

誰何《すいか》され、慎十郎はのっそり身を起こす。

「ひえっ」

仰《の》けぞった船頭たちに向かって、恫喝《どうかつ》するように言った。

「死にたくなかったら、そのまま親船まで行け。わかったか」

「……は、はい……で、でも」

「でも、何だ」

「親船に乗って上方に行きてえなら、そいつは無理な相談でやんすよ。だいいち、今夜じゅうに沈める手筈《てはず》になっておりやすから」

「何だと。千石船を沈めるのか」

「へい、もう寿命だもんで。それに、いったんは破船にした船でやすから、惜しくもなんともねえんだって、水夫頭は仰いやした」

証拠を隠蔽《いんぺい》する目途《めど》もあるのだろうと、慎十郎はおもった。

船頭はつづける。

「まだ使える船を沈めるってのは気が引ける。水夫たちが恐れてんのは船幽霊《ふなゆうれい》だ」

「船幽霊」

「そうでさあ。船幽霊を鎮《しず》めるにゃ、人身御供《ひとみごくう》を立てるっきゃねえ。それなら、ちょうどいいのがいるって、水夫頭が仰いやした」

「まさか、侍ではあるまいな」

「さあ、よくわからねえが、お侍えのようなことを仰ってたかも」

友之進と顔を見合わせた。

兄の慎八郎かもしれない。

「人身御供とは、どうするのだ」

「檣《ほばしら》に縛りつけ、船といっしょに沈めるんでさあ」

ばしゃっと、横波に頰を叩かれた。

もんどりうつ波間に、巨大な船影がみえる。

「あれでさあ」

船頭が言った。

船舷《せんげん》の真下には、艀《はしけ》が揺れている。

どうやら、そこへ向かうらしい。

「慎十郎、どうする」

友之進が聞いてくる。

千石船のなかで兄が捕らえられている公算は大きい。

「わしは潜《もぐ》りこむ。おぬしは御家老のもとへ行き、助《すけ》っ人《と》を頼んでくれ」

「たぶん、間に合わぬぞ」

「やってみなければわからぬ。船の沈没を阻止できれば、抜け荷の証拠を押さえられるかもしれぬではないか」

「それはそうだが」

荷船は艀に近づいた。

すでに、積み荷の醤油樽は用意され、水夫たちが待ちかまえている。

「おぬしら、下手なまねをしたら命はないぞ」

船頭たちを恫喝した。

慎十郎と友之進は着物を脱ぎ、手拭いで頰被《ほおかむ》りをする。

荷役に化けて荷を積み、隙を盗んで千石船に潜りこもうとおもった。

船頭によれば、水夫頭は辰次郎《たつじろう》といい、人を殺《あや》めたこともある残忍な荒くれ者だという。

「おい、早くしろ。ぐずぐずするな」

やがて、艀のほうから水夫たちの怒鳴り声が聞こえてきた。

慎十郎は脇差だけを携えていこうとおもい、藤四郎吉光を友之進に預けた。

九

荷積みが終わると同時に、慎十郎は艀に飛びうつった。

友之進を乗せた荷船は、艀から徐々に離れていった。

「あとは上手くやってくれ」

荷船を見送り、暗闇を利用して船舷に垂れた網をよじ登る。

水夫たちは誰ひとり気づかない。

慎十郎はまんまと船縁《ふなべり》に取りつき、甲板《かんぱん》の端《はし》に降りたった。

水夫たちは各々の持ち場に分かれ、作業にいそしんでいる。

空に月はあったが、二間ほどさきを歩く者の顔もよくわからない。

さきほどの船頭によれば、船を沈める方法は簡単で、あらかじめ船底に穴が何ヶ所も穿《うが》たれており、栓を抜けば徐々に沈んでいくのだという。

なるほど、反対側の船舷には水夫たちが乗りこむ中型の船が着水していた。

「侍を連れてこい」

誰かが声を張りあげた。

縦も横も大きな人影は、水夫頭の辰次郎であろう。

船倉につづく穴から、何人かの人影があらわれた。

そのうちのひとりは後ろ手に縛られ、水夫たちに小突かれながら歩いてくる。

「兄上……」

慎十郎はつぶやいた。

からだつきからして、まちがいあるまい。

よほど痛めつけられたらしく、歩くのもやっとのようだ。

「よかったな、やっと死ねるぞ」

辰次郎は「がはは」と嗤《わら》い、兄らしき人物の腹を蹴りつけた。

「くそっ」

慎十郎は前のめりになり、どうにか踏みとどまる。

襲いかかるには、あまりに敵が多すぎた。

慎重に事を構えようとおもったのだ。

辰次郎が声を張りあげた。

「おぬしは、わしらの秘密を知りすぎた。それゆえ、命を絶つようにと、瀬戸屋の旦那から命じられている。されどな、容易には殺さぬ。わしらの役に立ってもらう」

「……ど、どうする気だ」

兄の声だ。辰次郎が笑いながら応じる。

「船といっしょに沈んでもらうのさ。誰かが人身御供にならねば、船幽霊に祟《たた》られてしまうからな」

「ふん、どうとでもするがよい」

「潔《いさぎよ》いのう。よし、おまえら、こやつを檣に縛りつけよ」

「へい」

慎八郎は水夫たちに船尾寄りへ連れていかれ、蟬《せみ》と呼ぶ檣の先端に雁字《がんじ》搦《がら》めに縛りつけられた。

それでも、慎十郎は動かない。

水夫たちの大半が脱出する船に乗りうつるまで、じっと機を待つことに決めていた。

「檣を立てろ」

「よいさあ」

水夫たちは掛け声をあげ、檣を立てていった。

蟬は徐々に持ちあがり、やがて、遥《はる》か高みへ聳《そび》えたつ。

豆粒のような兄の背中に、半月が煌々《こうこう》と輝いていた。

船倉から、水夫たちがつぎつぎに飛びだしてくる。

「頭《かしら》、船底の栓を抜きやしたぜ」

水夫たちは船舷の網を伝い、ひとり、またひとりと、艀に降りていく。

――ぐわん。

千石船は咆哮《ほうこう》しながら、かたむきはじめた。
海水が凄《すさ》まじい勢いで船倉に浸入しているのだ。
船体は船尾寄りにややかたむき、檣もかたむく。
慎十郎は根元に駆けより、檣を登りはじめた。
「おい、何をやってる」
みつかった。
呼びかけてきたのは、水夫頭の辰次郎だ。
慎十郎は応じず、さらに高みをめざす。
——ぐわん。
船体が右舷よりにかたむいた。
檣から落ちかけ、必死に摑まる。
辰次郎が駆けてきた。
「おい、降りてこい。何やってんだ」
怪しいと察したのか、辰次郎も檣を登ってきた。
慎十郎はかまわず、登りつづける。
が、相手は水夫頭だ。慣れている。

すぐさま、足許近くまで追いつかれた。

「てめえ、誰だ。さては、隠密だな」

背帯に挟んだ鉈《なた》を抜き、足に斬りつけてくる。

慎十郎は蹴りつけたが、辰次郎は怯《ひる》まない。

なおも鉈で斬りつけてくる。

「こんにゃろ」

慎十郎は咄嗟《とっさ》に腰帯を外し、輪にして櫓に引っかけた。

両端を握り、つつっと滑りだす。

「うわっ」

滑る勢いのまま辰次郎を蹴落とし、櫓の根元にまで達した。

ふたたび登ろうとすると、血達磨《ちだるま》になった水夫頭が追いすがってくる。

「くっ」

慎十郎は脇差を抜き、相手の喉を深々と裂いた。

――ぐわん。

不気味な咆哮とともに、船はいっそうかたむく。

これだけ大きな船が沈めば、渦潮《うずしお》に呑みこまれてしまうだろう。

慎十郎は必死に登りはじめたが、途中で頭がくらくらしだす。

高いところが苦手なのだ。

足も震えたが、檣に食らいつく。

「くそったれ」

悪態を吐き、ようやく蟬のそばへたどりついた。

「兄上、慎十郎にござります」

叫びかけると、慎八郎が身を起こす。

したたかに撲《なぐ》られたのか、片方の瞼《まぶた》がふさがっていた。

「おう、来おったのか」

「今しばらくのご辛抱を」

蟬にたどりつき、まずは手首を縛る縄を切った。

そして、蟬と繋がった縄を慎重に切り、兄を救いだす。

船舷下の中型船はすでにおらず、沖のほうへ逃げたあとだった。

上からみると、千石船は身を捩るように沈んでいく。

ふたりは檣を滑り、どうにか甲板に降りた。

甲板は急勾配《こうばい》の坂と化している。

もはや、立ってもいられない。

船端まで尻で滑ると、眼下に白波が打ちよせてきた。

漆黒の海面を覗けば、艀の差板が何枚も浮いている。

「慎十郎、飛びこんで、あれに摑まるぞ」

「はい」

「やっ」

慎八郎は飛びこんだ。

「南無三」

慎十郎も眸子を瞑り、海面に飛びこむ。

ふたりは死にものぐるいになって泳ぎ、一枚の差板に取りついた。

「急げ、できるだけ船から離れるのだ」

「はい」

船はさらに、かたむきを増していった。

ふたりは足をばたつかせ、船舷から離れていく。

――ぐおおん。

一段と大きな咆哮が響き、船は船首を海面に突きあげた。

そして縦になり、どんどん沈んでいく。
まるで、巨大な墓標のようだ。
渦潮が猛然と巻いていた。
「うっ、吸いこまれる」
ふたりは、必死に足をばたつかせる。
――ぐおん。
最後の咆哮とともに、船首が海面から消えた。
ふたりは大波を乗りこえ、木の葉のように漂っている。
どうやら、渦潮へ呑まれずに済んだらしい。
静寂が訪れても、慎十郎は足をばたつかせた。
生きのびたいなら、動きを止めてはならない。
だが、もはや疲れきり、足は棒と化している。
手負いの慎八郎は、疾《と》うに動きを止めていた。
四方の海原を透かしみても、船灯りはみえない。
はたして、友之進は助っ人を連れてくるのだろうか。
やがて、慎十郎も動きを止め、波のおもむくままに任せるしかなくなった。

十

東涯《とうがい》は白々と明け、気がつくと、縄手の砂浜に打ちよせられていた。

兄の慎八郎も、ちゃんと生きている。

「運を拾ったな」

兄は敵の罠に嵌まったことについて多くを語らなかったが、みずからの不甲斐なさを恥じているようだった。

「おぬしは疑っておるようだが、山崎さまは信頼できるお方だ。生きてさえおれば、この身もまだお役に立てる。慎十郎、よう来てくれたな。礼を言うぞ」

兄に礼を言われたのは、おそらく、生まれてはじめてのことにちがいない。

慎十郎は感極まり、涙ぐんでしまった。

襤褸布《ぼろぬの》を纏ったような風体で芝口の下屋敷へ戻り、ふたりは丸一日死んだように眠った。

二日目の昼過ぎに目を覚ましてみると、勘定吟味役の山崎掃部之介が、家老の赤松豪右衛門からの密命を携えてきた。

「勘定奉行の片平右京太夫ならびに御用達の瀬戸屋勘十、右の者らを密殺いたすこと、毬谷兄弟に命じるものなり」

兄は肋骨《ろっこつ》を折る重傷を負っていたので、弟に助力の命が下った。

ふたりを導く役目は、助っ人に間に合わなかった友之進である。

「今宵、播磨屋が酒席を催す。ところは築地《つきじ》明石《あかし》町の香旬楼《こうしゅんろう》だ」

海に面した二階建ての楼閣《ろうかく》風料亭で、旬の魚料理は絶品との評判を得ているという。

こうした事態を予想し、策士の播磨屋があらかじめ仕組んでおいたらしい。

「御勘定奉行の主従と瀬戸屋が手下を連れてくる。芸者や幇間《ほうかん》も、わざわざ柳橋の置屋から呼ぶ。ほかに客はいない。悪党どもを束にまとめて葬るには、もってこいの夜になろうと、御家老は仰せになった」

「ふん、赤松の爺《じい》様はいつも高みの見物だな」

「詮方《せんかた》あるまい」

もうすぐ、陽《ひ》が落ちようとしている。

慎十郎と友之進は、下屋敷の裏手に佇《たたず》んでいた。

「ところで、小先生はどうした」

「野暮なことを聞くな」

「あやめどのか」

「ああ」

あやめは兄の身を案じつつ、今宵の別れを惜しんでいた。

何を聞いても兄はこたえぬが、密命を成し遂げたあかつきには、あやめといっしょになる決意を固めているにちがいない。そうであることを、慎十郎は期待した。もしかしたら、祝言の約束を交わしているのかもしれず、それを考えると、兄のぶんまではたらかねばという気負いが生じてくる。

友之進が問うてきた。

「抜き胴の大隅は、おぬしが斬るのか」

「ああ」

「瀬戸屋は怪力だし、勘定奉行の片平も管槍《くだやり》の名手らしいぞ」

「三人まとめて面倒をみてやるさ」

「無理をするな。いざとなれば、助っ人になるぞ」

「手を出すなと、赤松の爺様に命じられておろう。連絡《つなぎ》役のおぬしが死ねば、事の顛《てん》末《まつ》を伝える者がいなくなる。それに、まんがいち、わしら兄弟が失敗《しく》じったときは、おぬしが上手く立ちまわらねばならぬのだろう」

慎十郎は藩を逐《お》われた原因が勘定奉行のせいだと勝手におもいこみ、意趣を晴らすべく斬りこみをはかった。これを止めようとした兄の慎八郎も、弟に同調して助っ人となった。家老の赤松豪右衛門は勘定奉行たちを仕損じたときのために、右のような粗い筋書きを描いていた。

「知っておったのか」

「ふん、糞爺《くそじじい》の考えそうなことだ」

「すまぬ」

「おぬしが謝ることはない。わしは失敗じらぬ。爺の心配は杞憂《きゆう》に終わる」

兄の慎八郎が裏門へやってきた。

「待たせたな。まいろうか」

三人は暮れなずむ露地裏に踏みだす。

「兄上、傷はいかがでござりますか」

「案ずるな。あやめどのが、晒《さら》しをきつく巻いてくれた」

「のろけですか」

「莫迦を申すな」

「ひとつお聞きしても」

「何だ」

「事を成し遂げたら、あやめどのといっしょになられるのですか」

少し間があり、兄は溜息を吐いた。

「難しいだろうな」

「えっ、何故でござります」

「山崎家とは家格がちがう。父上が許さぬさ」

「ならば、拙者が国許に立ちかえり、父上を説きふせましょう」

「いや、いい。おまえの説得など、屁《へ》の足しにもならぬ」

ぷっと、友之進が吹きだした。

慎十郎は仏頂面になり、黙って兄の背に従いていく。

自分よりも小さいはずの背中が、異様に大きくみえた。

同じだ。幼いころにいつもみていた、峻涯《しゅんがい》のごとき父の背中と重なった。

築地にたどりつくころには、日が暮れていた。

海原は濃紺から薄墨《うすずみ》色に変わり、白波だけが閃《ひらめ》いている。

寒さ橋の異名もある明石橋には、海風が吹きぬけていた。

香旬楼の二階では、賑やかな宴がはじまっている。

抜け荷の証拠となる千石船を無事に沈められたことで、悪党どもはひと息ついたにちがいない。

「さて、どうする」

兄の慎八郎に問われ、友之進がこたえた。

「あと一刻、宴がたけなわになるまで待ちましょう」

「何か、策でもあるのか」

「ござります」

友之進は自信ありげに言い、にやりと笑う。

どうせ、たいした策ではあるまいとおもいつつ、慎十郎は暗い沖に飛びかう鷗《かもめ》をみつめた。

十一

夜は深まり、宴もたけなわとなった。

そろそろ、悪党たちに引導を渡す頃合いだ。

慎十郎は顔に白粉《おしろい》を塗りたくり、幇間に化けさせられた。

一方、兄の慎八郎は囃子方《はやしかた》のひとりに化け、すでに座敷の一隅に座っている。

もちろん、兄は三味線《しゃみせん》など弾けぬので、みようみまねで太鼓を叩いていた。

調子が外れたところで、気にする客などいない。

勘定奉行の片平も瀬戸屋も両脇に芸者を侍らせ、赤ら顔で酒を呑みつづけていた。

細い目の片平は針金のように瘦《や》せており、顔の大きな瀬戸屋は好対照に横幅がある。

一方、手強い用人の大隅源弥はどうしたわけか、頻繁に席を立っては厠《かわや》とのあいだを行き来していた。これには理由があって、播磨屋が料理のなかに腹下しの薬を仕込ませていたためだった。

友之進は隣部屋に潜《ひそ》み、様子を窺っている。

「支度は整った。あとは仕上げをご覧《ろう》じろ」

秘かなつぶやきも、座敷の賑わいに掻き消された。

慎十郎は本物の幇間に替わり、剽軽《ひょうきん》な踊りを披露しはじめる。

「くねくね、くねくね、蛸踊《たこおど》りでござい」

踊りに合わせて、慎八郎が調子外れの太鼓を叩いた。

芸者たちは妙な顔をしたが、客は誰もみていないし、聞いてもいない。

下座の大隅が立ちあがった。

渋い顔でお辞儀をし、廊下へ出ていく。
今が好機とばかりに、慎十郎は踊りながら上座に迫った。
床の間の壁には管槍が立てかけてあり、刀掛けには立派な拵えの大小がある。
片平の刀を奪って始末をつけようと、狙いをつけていたのだ。
兄の慎八郎も弟の意図を察し、太鼓を叩きながら立ちあがる。
こちらはきちんと、腰に刀を差していた。
慎十郎は踊りながら、なおも上座に近づいた。
すると、瀬戸屋も立ちあがり、剽軽に踊りはじめる。
「くねくね、手前も蛸踊りを踊りましょうほどに」
予期せぬ事態に面食らい、瀬戸屋の胸を肘《ひじ》で小突く。
「痛っ、何をさらす、この幇間めが」
やにわに、胸倉を摑まれた。
予想を超える凄まじい膂力《りょりょく》だ。
「ぬわっ」
一瞬で背負われ、投げとばされた。
白壁に激突し、頭が真っ白になる。

「こやつめ、偽の帮間か」

瀬戸屋が馬乗りになり、頬を撲りつけてきた。

さらに、分厚い両掌《りょうて》で首を絞めにかかる。

「きゃあぁ」

芸者たちが逃げまどうなか、兄の慎八郎が加勢にはいった。

太鼓のばちで瀬戸屋の脳天を叩き、振りむいたところを袈裟懸《けさが》けの一刀で仕留める。

――ぶしゅっ。

血が噴きだした。

慎十郎は頭を左右に振り、どうにか起きあがる。

刹那《せつな》、兄の左胸に管槍が突きたった。

「うわっ、兄上」

管槍の柄を握っているのは、赤鬼と化した片平にほかならない。

「鼠《ねずみ》め、仕留めたぞ」

「ぬおっ」

兄は刀を畳に突きさし、右手で管槍のけら首を摑んだ。

――ずぼっ。

左胸から引きぬくや、強引に押しもどす。

片平は平衡を失い、どんと尻餅をついた。

兄は刀を畳から抜き、頭上で旋回させる。

「お覚悟」

ひと声掛けるや、勘定奉行の首を飛ばしてみせた。

躊躇《ちゅうちょ》の欠片《かけら》もない、見事な一刀だ。

悪党の生首は、床の間へ転がっていった。

手負いの慎八郎は、がくっと片膝をつく。

「兄上」

駆けよると、刀を手渡された。

「慎十郎、あとは頼んだ」

「承知」

部屋の端に、殺気がわだかまっている。

抜き胴の大隅が、厠から戻ってきたのだ。

「毬谷兄弟か。おぬしら、やってくれたな」

慎十郎は兄の刀を握り、強敵との間合いを詰めていく。

二部屋をぶちぬいてあるので、まんなかに欄間が下がっていた。

欄間を挟んで向きあっているかぎり、上段の太刀は使えない。

抜き胴を得手とする大隅に分があった。

本人もそれを知っているので、こちらに欄間の真下を越えさせぬし、みずからも越えてこない。

青眼に構えたまま、絶妙な間合いを保っている。

しかも、袴《はかま》の長い裾《すそ》で爪先《つまさき》をわざと隠していた。

「朧青眼《おぼろせいがん》か」

心形刀流の伝書にも「敵の測りがたきを旨《むね》とせり」とある。

青眼に構えつつも、左右いずれにも変化できる読みにくい形であった。

「毬谷慎十郎、おぬしに勝ち目はない。その理由を教えてやろうか」

「うるさい、吠えるな」

「いいや、教えてやろう。おぬしら兄弟が修めた円明流は、二刀を使ったときに絶大な威力を発揮する。されど、おぬしは刀を一本しか持っておらぬ。それゆえ、勝ち目無しと言ったのよ」

大隅は口端を吊《つ》って笑い、左手で脇差を抜いた。

「な、ご覧のとおり、わしは二刀じゃ」

「横満字《よこまんじ》か」

「ほう、他流派の技に精通しておるようだな」

心形刀流の「横満字」はまず、刀と脇差を下段十字に組む。

左手の脇差は上方で縦に動かし、右手の刀は下方で横に動かす。

そして、とどめは相手に接近し、脇差で相手の刀を押さえつつ、おのれの刀で相手の脇胴を剔る。

「さよう、横満字からの抜き胴こそが、わしの本領よ」

「やってみるがよい」

「ほう、たいした自信だな。死ぬのが恐くないのか」

「恐い。恐いがゆえに、頭を使って死なぬ努力をする」

「ふん、頭があるようにはみえぬがな。わしの目には、図体がでかいだけの木偶《でく》の坊にしかみえぬぞ。だいいち、どうやって勝つ。おぬしの立位置からなら、突くしかあるまい」

「突きは死に手。それも心形刀流の理合《りあい》であったな」

「さよう。わしに突きは通用せぬ」

そうなると、やはり、水平斬りの勝負になる。

慎十郎はつぶやいた。

「水平斬りで、おぬしにはかなうまい」

「ふふ、負けをみとめるのか」

「いいや」

満々たる自信をもって、慎十郎は言いはなつ。

「すでに、光明はみえた」

「何だと」

「予期せぬ一刀で仕留めてみせよう」

「小癪《こしゃく》な」

大隅が動いた。

慎十郎も駆けだし、何と、刀を大上段に振りあげた。

頭上には欄間がある。

「うりゃ……っ」

凄まじい気合いとともに、慎十郎は欄間をぶった切った。

「何っ」

大隅が目を瞠《みは》る。

その眉間に、刃が落ちた。

――ばすっ。

峻烈《しゅんれつ》な一撃である。

脳天が、ぱっくり割れた。

鮮血がほとばしり、天井を真っ赤に染める。

「……み、見事」

上座のほうで、兄が叫んだ。

畳に胡座《あぐら》を搔いたまま、力なく笑っている。

慎十郎は納刀して駆けより、左胸の傷口をみた。

「兄上、浅傷《あさで》にござる」

「わかっておるわ。幾重にも巻いた晒しのおかげじゃ」

「仰せのとおり」

兄に肩を貸して立たせ、部屋から廊下に出た。

友之進が佇んでおり、滂沱《ぼうだ》と涙を流している。

「小先生、お見事でござりました。あとのことはお任せを」

「頼む」

兄のはたらきだけ口で褒め、こちらにはおもわせぶりな目配せを送ってくる。

言いたいことはわからぬが、褒めることばを探しているのだろう。

ともあれ、兄弟力合わせて、獅子身中《ししんちゅう》の虫を成敗してやった。

ふたりは苦労して階段を降り、播磨屋に見送られて裏木戸から外へ出る。

涼やかな海風が吹きよせてきた。

じつに、爽快《そうかい》な気分だ。

兄が喋りかけてくる。

「そう言えば、明後日は御前試合だな」

「忘れておりました。されど、そのからだでは無理にござりましょう」

「殿のお召しだ。出ぬわけにはいかぬ」

「されば、それがしが遠慮いたします」

「いいや、許さぬ。尋常に勝負せよ」

「本気ですか、兄上」

「ふふ、本気に決まっておろう。わしは大隅のようなわけにはいかぬぞ。おまえがどれだけ強うなったか、見極めてくれよう」

「困りましたな」

と言いながらも、何やら嬉しくなってきた。

兄と尋常な勝負ができることなど、一生ないとおもっていたからだ。

月の光が白波を煌《きら》めかせている。

ふたりはひんやりとした砂浜に降り、裸足《はだし》で歩きはじめた。

「慎十郎、ようやった」

兄に褒められたことなど、生まれてこのかた一度もない。

千石船から逃れたときは礼を言われ、こんどは褒められた。

ほっぺたをつねりたくなってくる。

ふたりの足跡は砂浜に点々とつづき、大きく蛇行しながら、やがて、松並木のほうへ消えていった。

十二

卯月《うづき》十二日、朝。

芝口の龍野藩下屋敷には、太鼓の音が響いている。

雲ひとつない蒼穹《そうきゅう》には、つがいの燕《つばめ》が飛んでいた。

母屋の屋根裏につくった巣へ、半年ぶりに戻ってきたのだ。

「縁起が良いな」

藩主の安董は、いつになく機嫌が良い。

近頃は役目のうえで心労が溜《た》まっていたので、御前試合はちょうどよい息抜きになるはずだ。

「こたびは毬谷家の長男と三男が竹刀を合わせまする」

「それじゃ」

赤松豪右衛門のことばに、安董は何度もうなずいた。

「勝負の行方は予想だにできませぬ。兄は剛直、弟は蛮勇《ばんゆう》、はたしてどちらが勝つか」

「わしは弟に賭《か》けた。豪はどうじゃ」

「されば、兄に賭けましょう」

蛮勇を好む安董ならば、かならずそう言うだろうと、豪右衛門はおもっていた。

だが、弟の剣はまだ粗い。正確無比な兄の剣には太刀打ちできまいと予想しつつも、一抹の不安はある。

何をしでかすかわからぬのが、毬谷慎十郎にほかならぬからだ。

安董の隣には、嗣子《しし》の安宅《やすおり》も座っている。

齢《よわい》三十一、父と並ぶほどの英邁《えいまい》さを兼ねそなえた藩主になるとの評もあり、堂々たる態度で家臣たちを睥睨《へいげい》していた。

「安宅もようみておけ。毬谷兄弟はわが藩の宝ゆえな」

「は、かしこまりました」

庭をのぞむ大広間は、家臣たちで埋めつくされている。

そのなかには、勘定吟味役の山崎掃部之介の顔もあった。

いつになく緊張しているのは、やはり、毬谷兄弟の勝負が控えているからだろう。

心情としては兄の慎八郎に勝たせたいが、あれだけの怪我《けが》を負っているので難しかろうとおもっている。かといって、弟に手加減はしてほしくない。

広縁にはすでに、白鉢巻《しろはちま》きに襷掛《たすきが》け姿の剣士たちが集まっている。

行司役の番士が口上ののちに剣士の名を告げ、いよいよ御前試合は始まった。

「やっ」

「とあっ」

広縁は気合いと熱気に包まれ、大広間に座す藩士たちは身を乗りだし、掛け声を発する者までいる。まるで、相撲見物でもしているかのようだ。藩主安董より「本日は無礼講《ぶれいこう》」との許しが得られているため、遠慮する者もいない。

剣士たちは左右二手に分かれ、長い竹刀を使って素面素小手《すめんすごて》で叩きあう。

一本勝負なので気合いが入りすぎ、竹刀をまっぷたつに折る者や、強烈な一撃を受けて白目を剝く者も出てきた。予期せぬことが起きるたびに、大広間からやんやの喝采が送られ、藩主親子と家臣たちの間合いも縮まっていくようだった。

ひょっとすると、それこそが安董公の狙いなのかもしれぬと、慎十郎は控えの場でおもった。

今朝から、兄とはひとことも口をきいていない。

相手が手負いだろうと何だろうと、勝負と名のつくものに負けるわけにはいかなかった。

それこそが、慎十郎の信念なのだ。

もちろん、兄もわかっている。

全身全霊をかたむけ、勝ちにくるはずだ。

——攻めるときは獣《けもの》になるべし。

父はかつて、そう言った。

武芸者の本能とは、勝ちたいという欲求のことにほかならない。

どんな相手であっても、本能を剝きだしにして挑まねば、勝ちを得ることはできぬ。

——先々の先。

攻めて攻めて、ひたすら攻めまくる。

それこそが円明流の剣理であるとも、兄弟は父に教えられた。

振りかえってみれば、慎十郎は父の教えを愚直《ぐちょく》に実践してきた。

攻めることで活路を見出《みいだ》し、一度も後手を踏んだことはない。

今日も同じだ。

怯むことなく兄に挑もうと、慎十郎は覚悟を決めていた。

剣士たちの申しあいは昼餉を挟んでつづけられ、やがて、八つ刻（午後二時頃）になった。

「いよいよ、本日の最後を飾る大試合にござります」

口上役の声も嗄《か》れている。

「毬谷兄弟、前へ」

広縁の片端から、慎十郎が登場した。

やや遅れて、兄の慎八郎が反対側からあらわれる。

大広間の家臣たちから、喝采が沸きおこった。

安董と安宅も、ぐっと身を乗りだしている。

赤松は興奮のせいか顔を真っ赤にし、山崎は今にも泣きだしそうな顔になっていた。

「両者、出ませい」

兄との間合いが、五間まで近づいていく。

ふたりは蹲踞《そんきよ》の姿勢を取り、すぐさま、立ちあがって相青眼に構えた。

「はじめい」

合図とともに、兄のほうが突っかけてくる。

父に言われたとおりの素早い仕掛けだった。

「何の」

慎十郎は上から押さえこむように叩きつけ、相手の面に切っ先を飛ばす。

兄はすっと沈んで避《よ》け、臑《すね》打ちを狙ってきた。

慎十郎は、はっとばかりに床を蹴りあげる。

「ぬりゃ……っ」

高々と跳んだ勢いのまま、脳天打ちを繰りだす。

「何の」

躱された。
竹刀は空を切り、床を熾烈《しれつ》に叩く。
——ばしっ。
濛々《もうもう》と、埃《ほこり》が舞いあがった。
ふたりは反撥《はんぱつ》するように離れ、ふたたび、相青眼に構える。
みているほうは、息つく暇もなかった。
やっているふたりは、息を弾ませている。
ぶるっと、慎十郎は胴震いしてみせた。
武者震いだ。
からだじゅうに痺《しび》れが走る。
「馬だな」
兄はつぶやき、乾いた唇を舐めた。
こちらも興奮が頂点に達しており、竹刀を握る手がわずかに震えている。
「まいるぞ。つぎの一手で決めてやる」
兄の宣言が終わらぬうちに、慎十郎はさきに動いた。
素早く間合いを詰め、死に手の中段突きを繰りだす。

兄は体を斜めにし、横に払う姿勢を取った。
「貰った」
突きすすむさきに、慎十郎は光明をみた。
咄嗟に、つり狐を使おうとおもったのだ。
一徹に教わった秘剣で、兄の鼻っ柱を砕いてみせる。
相手に気取られずに手首を返し、くんと切っ先を持ちあげた。
「うっ」
みている誰もが、弟の切っ先が兄の喉を破ったとおもった。
だが、釣られた本人だけは、そう考えていなかった。
一寸の見切りで突きを躱す。
「猪口才《ちょこざい》な」
と、叫ぶやいなや、水平打ちを繰りだしたのだ。
――ばきっ。
兄の竹刀が折れた。
と同時に、慎十郎の肋骨が悲鳴をあげる。
折れはせぬが、罅《ひび》は入ったにちがいない。

やられた。完敗だ。
「それまで。勝者、慎八郎」
行司役の声が、やけに大きく聞こえた。
嵐《あらし》のような歓呼が騰《あ》がるなか、慎十郎は爽快な気分になっていた。
負けた口惜しさも、本気で叩かれた胸の痛みも、何ひとつ感じない。
やはり、兄には勝てなかったという感慨だけが、懐かしさとともに甦ってきた。
斜めに降りそそぐ西日が、広縁に細長い人影をつくっている。
ふたつの人影は歩みより、ひとつになった。
「強うなったな」
兄は凜《りん》として言いはなち、背中を向けて去っていく。
慎十郎も踵《きびす》を返し、呵々《かか》と嗤いながら消えていった。
「あっぱれじゃ」
安董は仁王立ちになり、満足そうに発してみせる。
家臣たちも殿さまに倣《なら》い、声を揃《そろ》えて「あっぱれ」と言いはなった。
賞賛の声が地響きのように轟き、慎十郎の心を震わせる。
それは死力を尽くして闘った兄弟への賛辞にほかならない。

しばらくして、歓声は鳴りやんだ。水を打ったような静けさのなかで、慎十郎は慟《どう》哭《こく》しはじめる。

悔し涙であった。強がってはみても、やはり、負けたことが悔しくて仕方ないのだ。

「うおおお」

慎十郎は吼《ほ》えた。恥も外聞もなく、天に向かって咆哮《ほうこう》しつづけた。

十三

数日後、兄の慎八郎は国許へ戻っていった。

雪を戴《いただ》いた富士がみたいというので、慎十郎は日本橋まで見送りに出掛けたが、嬉しいことに兄には同行者があった。

あやめである。

みずから両親に懇願し、急いで道中手形を入手したのだ。

慎八郎は伴侶《はんりょ》にすると決めたあやめを連れ、国許へ戻る覚悟を決めた。

真面目で融通の利かぬ兄でも、いざとなればおもいきったことをする。

慎十郎は心の底から応援してやりたくなり、あやめの手を取って「兄を頼みます。

どうか、よろしくお願いします」と、涙ながらに懇願を繰りかえした。

見送りには友之進もつきあい、一徹と咲もすがたをみせた。

「おぬしの兄とは、沖釣りをやった仲じゃ」

一徹は微笑みながら、慎十郎に隠していたことを囁《ささや》いた。

兄は舟上で釣り竿をかたむけつつ、弟のことをくれぐれもよろしくお願いしますと、頭を下げたらしい。

「おぬしより、大きい鱚を釣っておったぞ」

「まさか」

「まことじゃ。ほれ、おぬしにも教えたつり狐を巧みに使ってのう」

はっとした。兄も一徹から「つり狐」を伝授されていたのだ。

もちろん、御前試合で負けた原因は、それだけではあるまい。

だが、口惜しさがあらためて、じわりと滲みだしてくるようだった。

「まあ、よいではないか」

一徹に促され、兄との別れを惜しんだ。

無縁坂下の道場に戻ってくると、何やら咲が荒れはじめる。

「じつはな、昨夜遅く、千葉先生から文が届いた」

左合一馬より申し出があり、咲との縁談は無かったことにしてほしいという。

「突然の申し出に面食らったが、相手にも拠所《よんどころ》ない事情があるのじゃろう。千葉先生は謝罪に訪れると仰せだが、その必要は無いとこたえておいた」

道場で闇雲に竹刀を振る咲のすがたが痛々しい。

何やら申し訳ないことをしたなと、慎十郎はおもった。

「ほれ、行ってやれ」

一徹に背中を押される。

つんのめるように踏みだすと、咲が素振りをやめ、こちらを振りむいた。

慎十郎は顔を差しだし、にっと前歯を剝いて笑う。

咲は表情も変えず、背中を向けて歩きだした。

そして、竹刀を二本携えて戻ってくる。

「えっ」

慎十郎の顔に、ぱっと光が射《さ》した。

「まさか、稽古をつけてもらえるのか」

咲は黙って近づき、竹刀を一本手渡す。

そして、身を離すや、凄まじ気合いを発してみせた。

「きええぇ」

呆然《ぼうぜん》と立ちつくす慎十郎の脳天に、熾烈な一撃が打ちおろされる。

――ばしっ。

頭がくらくらした。

「一本じゃ。油断いたすな」

「はい」

慎十郎は喜々として応じ、竹刀を青眼に構える。

「されば、遠慮はせぬ。とあ……っ」

鋭い踏みこみから、敢然と打ちこんだ。

咲は受けるとみせかけて、ひらりと避け、擦れちがいざまに脇腹を叩いてくる。

「ぬぐっ」

痛みは、すぐさま、快感に変わった。

一徹は後方で眸子を細め、ふたりの打ちあいをみつめている。

老境の剣士からみれば、若いふたりの剣はまだ粗い。

気持ちの動揺が太刀筋にあらわれ、つぎの一手を容易に読むことができる。

されど、晴れわたった初夏の空のごとく、けれんみのない爽やかな剣だとおもった。

「ふん、左合一馬か。わしとて、あの者が気に入っておったわけではない。咲を嫁がせるには、器量が足りぬわ」

憎まれ口を叩いたのは、咲を大事におもう気持ちが強いからだ。

やがて、ふたりは道場を裸足のまま飛びだし、庭で打ちあいをやりはじめた。

一徹のつくった小さな池の畔《ほとり》には、菖蒲《あやめ》が紫の花を鮮やかに咲かせている。

「どうした、そこまでか」

「まだまだ」

慎十郎と咲の勝負は果てるともなくつづき、竹刀を打ちあう音は蒼空《あおぞら》に吸いこまれていった。

（了）

時代小説文庫
さ 20-5

秘《ひ》剣《けん》つり狐《ぎつね》 あっぱれ毬《まり》谷《や》慎十郎《しんじゅうろう》五

著者 坂《さか》岡《おか》真《しん》

2017年1月18日第一刷発行

発行者 角川春樹

発行所 株式会社 角川春樹事務所
〒102-0074 東京都千代田区九段南2-1-30 イタリア文化会館

電話 03(3263)5247[編集] 03(3263)5881[営業]

印刷・製本 中央精版印刷株式会社

フォーマット・デザイン＆シンボルマーク 芦澤泰偉

ISBN978-4-7584-4061-5 C0193

http://www.kadokawaharuki.co.jp/[営業]
fanmail@kadokawaharuki.co.jp[編集] ご意見・ご感想をお寄せください。
本書は、ハルキ文庫(時代小説文庫)の書き下ろし作品です。